कस्तूरी

(कहानी संग्रह)

संपादक

संतराम पाण्डेय

दिल्ली-110089, (भारत)

संस्करण : 2020
ISBN : 978-81-944610-6-7

प्रखर गूँज पब्लिकेशन
एच-3/2, सेक्टर-18, रोहिणी, दिल्ली-110089
दूरभाष : **7982710571, 7838505899, 011-27851059**

प्रथम संस्करण : 2020

आवरण : दुर्गाप्रसाद

कस्तूरी

***By* Sant Ram Pandey**

Published by
PRAKHAR GOONJ PUBLICATION
Delhi-110089
E-mail : prakhargoonj@gmail.com
sinha.neelu123@gmail.com
Ph. : 7982710571, 7838505899, 011-27851059

संतराम पाण्डेय (संपादक दैनिक विजय दर्पण टाईम्स, मेरठ)

संपादक की कलम से.......

आज मुझे कहानी संग्रह 'कस्तूरी' के संपादन का सुअवसर मिला, यह मेरा सौभाग्य है। इसी बहाने मैं कहानी के बारे में कुछ अपने मन की बात कह सकता हूं। कहानी साहित्य की वह सशक्त विधा है जिसके माध्यम से कोई भी अपनी बात श्रोताओं तक पहुंचाने में कामयाब होता है। जहां तक मैं समझता हूं कहानी का ही विराट रूप उपन्यास भी है। इसकी लोकप्रियता तभी से है, जबसे मनुष्य का जन्म हुआ। वह अपनी बात को कहानी के माध्यम से कहने को प्रेरित हुआ। दादी, नानी की कहानियों की चर्चा आज भी होती है। दादी-नानी को कहानी का स्रोत भी माना जाने लगा। इससे एक बात यह भी साफ हुई कि कहानी कहने या लिखने के लिए अनुभव की जरूरत होती है।

अनुभव से कहानियों का जन्म होता है, ऐसा माना जाने लगा। मानव की विकास यात्रा के साथ कहानियों का भी विकास हुआ। कथ्य और शैली में निरंतर सुधार होता गया। आज के कहानी लेखकों को शायद ही यह भान हो कि आज कहानी लेखन की यात्रा किस तरह और किन परिस्थितियों से होकर गुजरी है। वस्तुतः कहानी लेखन आज साहित्य की सशक्त और रोचक विधा बन गई है। अब कहानी एक अत्यंत लोकप्रिय विधा के रूप में स्वीकृत

हो चुकी है। प्रायः सभी पत्र-पत्रिकाओं में, कहानियों का छापा जाना अनिवार्य सा हो गया है।

इस देश की प्रत्येक भाषा में केवल कहानियों की पत्रिकाएँ भी कम नहीं हैं। रहस्य, रोमांच और साहस की कहानियों के अतिरिक्त उनमें जीवन को गंभीर रूप में लेने वाली कहानियाँ भी छपती हैं।

साहित्यिक दृष्टि से इनका अपना महत्व है। कहानी के बारे में बिना किसी लागलपेट के कहा जाए तो कहा जा सकता है कि मनुष्य के जन्म के साथ ही साथ कहानी का भी जन्म हो गया था और कहानी कहना तथा सुनना मानव का स्वभाव बन गया। इसी कारण से प्रत्येक सभ्य तथा असभ्य समाज में कहानियाँ पाई जाती हैं। हमारे देश में कहानियों की बड़ी लंबी और समृद्ध परंपरा रही है। वेदों, उपनिषदों तथा ब्राह्मणों में वर्णित यम-यमी, पुरुरवा-उर्वशी, सौपर्णी-काद्रव, सनत्कुमार-नारद, गंगावतरण, श्रृंग, नहुष, ययाति, शकुन्तला, नल-दमयन्ती जैसे आख्यान कहानी के ही प्राचीन रूप हैं। प्राचीनकाल में वीरों तथा राजाओं के शौर्य, प्रेम, न्याय, ज्ञान, वैराग्य आदि की कहानियां प्रचलित रही हैं। कहानियों से ज्ञान भी मिलता है और जीवन के लिए राह भी। प्रायः कहानियों में असत्य पर सत्य की, अन्याय पर न्याय की और अधर्म पर धर्म की विजय दिखाई गई हैं।

हिंदी कहानी को सर्वश्रेष्ठ रूप प्रेमचन्द ने दिया। उनकी कहानियां आज भी हर वय वर्ग में बड़ी रुचि से पढ़ी जाती हैं। परिभाषा की बात करें तो अनेक परिभाषाएं विद्वानों ने की हैं किंतु हमें लगता है कि कहानी को किसी वैज्ञानिक परिभाषा में नहीं बाँधा जा सकता, क्योंकि साहित्य में विज्ञान की सुनिश्चितता नहीं होती। इसलिए उसकी जो भी परिभाषा दी जाएगी वह अधूरी होगी। प्रत्येक कहानी के लिये कथावस्तु का होना अनिवार्य है क्योंकि इसके अभाव में कहानी की रचना की कल्पना भी नहीं की जा सकती। कहानी का संचालन उसके पात्रों द्वारा ही होता है तथा पात्रों के गुण-दोष को उनका चरित्र चित्रण कहा जाता है। चरित्र चित्रण से विभिन्न चरित्रों में स्वाभाविकता उत्पन्न की जाती है। प्रस्तुतीकरण के ढंग में कलात्मकता लाने

के लिए उसको अलग-अलग भाषा व शैली से सजाया जाता है। कहानी में केवल मनोरंजन ही नहीं होता, अपितु उसका एक निश्चित उद्देश्य भी होता है। प्रस्तुत कहानी संग्रह -कस्तूरी के कहानीकारों ने बड़ी तन्मयता से कहानियां प्रस्तुत की हैं। इन कहानियों के बारे में मैं केवल इतना कह सकता हूं कि पाठकों को इनसे मनोरंजन भी मिलेगा और विभिन्न दिशाओं के लिए राह भी, जो कि किसी भी कहानी का उद्देश्य होता है।

अंत में मैं 'प्रखर गूँज प्रकाशन' की प्रधान संपादिका आदरणीया नीलू सिन्हा का आभारी हूं कि उन्होंने इस कहानी संग्रह के संपादन का दायित्व मुझे सौंपा। प्रकाशन, संपादन तथा अन्य प्रकार की जटिलताओं व विवशताओं के चलते ढेर सारे लेखकों की कहानियां हम नहीं ले सके, उनसे क्षमा प्रार्थी भी हूं। मैं आशा करता हूं कि यह कहानी संग्रह पाठकों को अवश्य पसंद आएगा।

ओम वर्मा
देवास (म.प्र.) मो. 09302379199

शुभकामनाएँ

यह जानकार अच्छा लगा कि संतराम पाण्डेय जी के संपादन में सोलह कथाकारों का एक सामूहिक संकलन प्रकाशित होने जा रहा है। पाण्डेय जी स्वयं एक अनुभवी साहित्यकार हैं व समाचार पत्रों में साहित्यिक पृष्ठों के संपादन का भी उन्हें व्यापक अनुभव है। एक जिल्द में सोलह कथाकारों को पढ़ना कथा साहित्य के रसिक पाठकों के लिए किसी उपहार से कम नहीं है क्योंकि एक ही पुस्तक में कथा साहित्य के नए नए आयाम, भिन्न भिन्न विषय और अलग अलग शैली का आस्वाद ग्रहण किया जा सकता है। विभिन्न आयुवर्ग, विभिन्न शैली और विभिन्न विषयों की कहानियों की एक जिल्द महज एक पुस्तक नहीं, बल्कि अपने आप में एक साहित्यिक इकेबाना साबित हो सकती है जिसमें भाँति भाँति के दुर्लभ फूलों को कलात्मक ढंग से सजा दिया गया हो।

ओम वर्मा

रामस्वरूप दीक्षित

वरिष्ठ व्यंग्यकार, समीक्षक, टीकमगढ़ (म.प्र.)

शुभकामनाएँ

हिंदी जगत प्रारम्भ से ही स्थापनवाद के रोग से ग्रस्त रहा है। इसमें स्थापित लोगों को तो ढेर सारे अवसर हैं मगर विस्थापित अर्थात नये रचनाकारों को यहां आज भी उपेक्षा की दृष्टि से देखा जाता है लेकिन कुछ लोग हैं जो तमाम तरह के जोखिम उठाकर नये से नये रचनाकार को सामने लाने का काम पूरी शिद्दत के साथ कर रहे हैं।

संतराम पांडे ऐसे ही विरल लोगों में हैं। उनके पास संपादन का विपुल अनुभव है। वे लंबे समय से हिंदी पत्रकारिता की मूल धारा से जुड़े हुए हैं, इस दौरान उन्होंने न जाने कितने अनचीन्हे, अनजाने प्रतिभासम्पन्न लेखकों को तैयार किया है।

उनके कुशल और परिपक्व संपादन में प्रकाशित हो रहे कहानी संग्रह 'कस्तूरी' से हिंदी के कथा जगत को अनेक होनहार कथाकार मिलने जा रहे हैं। यह संग्रह कथालोचकों और पाठकों का ध्यान अपनी ओर आकर्षित करने में सफल होगा, ऐसा विश्वास है। उम्मीद की जानी चाहिये कि यह संग्रह इसमें सम्मिलित कहानीकारों का पाथेय साबित होगा।

'प्रखर गूँज प्रकाशन' को इसे पाठकों के सामने लाने के लिए कोटिशः साधुवाद और इसमें अपनी रचनात्मक उपस्थिति दर्ज कराने वाले सभी कहानीकारों को उनके उज्ज्वल सृजनात्मक भविष्य के लिए शुभकामनाएँ।

यह संग्रह हिंदी की कथा यात्रा को गतिमान बनाने में अपनी अहम भूमिका निभाएगा, इस उम्मीद और विश्वास के साथ इसके यशस्वी संपादक और प्रकाशक का आभार व्यक्त करना मुझे नैतिकता का तकाजा जान पड़ता है।

राजकुमार जैन राजन

लेखक/संपादक/प्रकाशक, चित्रा प्रकाशन, आकोला,
चित्तौड़गढ़, (राजस्थान) मोबाइलः 98282 19919

ई-मेलः rajkumarjainrajan@gmail.com

शुभकामनाएँ

हिन्दी कहानी हिंदी साहित्य की प्रमुख कथात्मक विधा है। आधुनिक हिंदी कहानी का आरंभ 20 वीं सदी में हुआ। पिछले एक सदी में हिंदी कहानी ने आदर्शवाद, यथार्थवाद, प्रगतिवाद, मनोविश्लेषणवाद, आँचलिकता, आदि के दौर से गुजरते हुए सुदीर्घ यात्रा में अनेक उपलब्धियां हासिल की है। निर्मल वर्मा के 'वे दिन' जैसे कहानी संग्रह साहित्य अकादमी से भी सम्मानित हो चुके हैं।

प्रेमचंद, जैनेंद्र, अज्ञेय, यशपाल, फणीश्वरनाथ रेणु, उषा प्रियंवदा, मन्नु भंडारी, ज्ञानरंजन, उदय प्रकाश, ओमप्रकाश बाल्मिकी आदि हिंदी के प्रमुख कहानीकार हैं। कहानी ने अंग्रेजी से हिंदी तक की यात्रा बंगला के माध्यम से की। कहानी कथा साहित्य का एक अन्यतम भेद तथा उपन्यास से भी अधिक लोकप्रिय साहित्य का रूप है। मनुष्य के जन्म के साथ ही साथ कहानी

का भी जन्म हुआ और कहानी कहना तथा सुनना मानव का आदिम स्वभाव बन गया। इसी कारण से प्रत्येक सभ्य तथा असभ्य समाज में कहानियाँ पाई जाती हैं। हमारे देश में कहानियों की बड़ी लंबी और सम्पन्न परंपरा रही है।

कहानी (गल्प) एक रचना है जिसमें जीवन के किसी एक अंग या किसी एक मनोभाव को प्रदर्शित करना ही लेखक का उद्देश्य रहता है। उसके चरित्र, उसकी शैली, उसका कथा-विन्यास, सब उसी एक भाव को पुष्ट करते हैं।

प्रसन्नता की बात है कि 'प्रखरगूँज पब्लिकेशन' ने 'कस्तूरी' नामक साझा कहानी संग्रह प्रकाशन का निर्णय किया है। यह संस्थान अपनी स्थापना से ही हिन्दी के नए, प्रतिभावान रचनाकारों को प्रोत्साहन देने का कार्य कर रहा है। 'कस्तूरी' कहानी संग्रह में जीवन और जगत, परिवेश और परिस्थितियों, कड़वे -मीठे स्वानुभूत सत्यों, मनःसंवेगों और संवेदनाओं से जुड़े विषयों पर विभिन कहानीकारों की उत्कृष्टतम कहानियों को संजोया गया है। इस संग्रह की कहानियां नए सन्दर्भों और आयामों को वाणी देने में समर्थ हुई हैं। समय, परिवेश के साथ-साथ कहानी का रूप -शिल्प भी परिवर्तित होता रहता है।

प्रसन्नता की बात है कि 'कस्तूरी' साझा कहानी संकलन के संपादन का दायित्व सुप्रसिद्ध पत्रकार संपादक, साहित्यकार, प्रखर व्यंग्यकार, चिंतक श्री संतराम पांडेय जी ने निभाया है तो निश्चित ही कहानियों में कस्तूरी-सी सुवास मिलेगी और पाठक वर्ग इन कहानियों को पढ़कर आनन्दित होगा।

आशा है साहित्य जगत में इस संग्रह में शामिल कहानीकारों के साथ ही संग्रह कस्तूरी को पूरा सम्मान प्राप्त होगा। कहानीकारों, संपादक एवम प्रकाशक सभी के प्रति इस सुंदर प्रयास के लिए हार्दिक बधाई एवम मंगलकामनाएं।

स्नेहलता पाठक

रायपुर, छत्तीसगढ़, मो. 9406351567

शुभकामनाएँ

श्री संतराम पांडे जी साहित्य के लिए समर्पित एक ऐसे व्यक्तित्व का नाम है जो अपनी सहजता और सरलता के लिए जाने जाते हैं। समर्पण सेवा और त्याग उनके जीवन के तीन संकल्प हैं। जिन पर चलते हुए वे लगातार चालीस वर्षों से साहित्य और पत्रकारिता के क्षेत्र में समर्पित हैं। उनके अनुसार भाषाई संस्कार उन्हें परिवार से विरासत में मिले हैं। शायद यही कारण है कि वे आज भी मानवीय मूल्यों के साथ कर्तव्य पथ के यात्री बने हुए हैं।

सबके साथ सहज मानवीय व्यवहार बनाकर चलने वाले संतराम पांडे जी साहित्य प्रेमियों के बीच अपना विशिष्ट स्थान रखते हैं। वे विजय दर्पण टाइम्स के निराले संपादक हैं जिनमें संपादकीय अहं दूर दूर तक दिखाई नहीं देता। अतः उनके लिए गीत की ये पंक्तियां सटीक बैठती हैं -जो भी प्यार से मिला हम उसी के हो लिए।

सभ्यता, संस्कार, संस्कृति, परंपरा और आपसी मानवीय व्यवहार की समग्रता का नाम ही साहित्य है। कहानी विधा भी इसी तरह के संदेशों को कथाकथन के माध्यम से समाज के सामने रखने का प्रयास करती है। जो

पाठकों को गहराई तक प्रभावित करते हैं।

मुझे पूरा विश्वास है कि उनका यह कहानी संग्रह -कस्तूरी-का भी निश्चय ही साहित्य प्रेमियों के बीच स्वागत होगा। इन्हीं शुभकामनाओं के साथ -स्नेहलता पाठक।

क्रम तालिका

सुधीर ओखदे

कहानियाँ मर चुकी हैं!

जिनका सेवाकाल, मेवाकाल होता है वह निवृत्ति काल में अधिक विचलित रहते हैं। निवृत्ति वैराग्य का संकेत हो सकता हो पर जो मानव गृहस्थ और वानप्रस्थ को निवृत्ति काल में बदल रहा हो उसे बैरागी बनते-बनते भी कुछ समय तो लगेगा न!

थानेदार जी ने अपने सेवाकाल में कभी गृहस्थी की तरफ ध्यान ही न दिया। शादी के बाद प्रतिदिन पत्नी को हफ्ते की आदत लगा दी सो वह थानेदार की कम और हफ्ते की अधिक प्रतीक्षा करने लगी।

थानेदार जी का हफ्ता चलायमान रहा। घर के साथ-साथ ससुराल को भी समृद्धि प्रदान करता रहा। सिक्के की चमक के आगे पत्नी के चेहरे की चमक की तरफ कभी ध्यान ही न गया, बाकी चमकते चेहरों की इच्छा वह बाजार में पूरी कर लेते थे। थानेदारी पैतरे भला पत्नी कैसे झेल पाएगी?

सर्म्पक नहीं था सो स्नेह नहीं था। स्नेह नहीं था सो भावना नहीं थी। भावना नहीं थी सो संवेदना नहीं थी। अब ऐसा व्यक्ति जो न अब हफ्ता दे सकता हो, न स्नेह भला उसकी घर में क्या औक़ात? सो थानेदार जी ने दुखी मन से गाँव का चबूतरा चुन लिया है। नीम के पेड़ के नीचे चबूतरे पर

बैठे-बैठे अपने सेवाकाल को स्मरण कर आज भी उनकी आँखों में गुलाबी डोरे तैर जाते हैं।

-साहेब जी रिपोर्ट करानी है।

-कराओ!

-वह क्या बात है कि.......

-अबे मिमिया काहे रहा है। साले थानें में रिपोर्ट कराने आया है कि मंदिर में?

-साहब बात यह है कि हमे बड़ा डर लग रहा है।

-"हमें" साले चेहरे से फटीचर लगता है और अपने आप को -हमें कहता है। जानता नहीं कि -हम-तस्कर गुंडे-मवाली, पुलिस और राजनेता लोग अपने लिए इस्तेमाल करते हैं।

सरकार -हम का वह मलतब नहीं है जो आप लगा रहे हैं।

-हम में हमारी जोरू भी शामिल हैं।

थानेदार की निगाहें चौकन्नी हो गई। गरीब की जोरू सबकी भाभी-वाली कहावत पर उन्हें कतई विश्वास नहीं था। वह तो -गरीब की जोरू अपनी भी जोरू-वाली कहावत पर विश्वास करते थे। उन्होंने देखा गरीबी में लिपटी तीखे नैननक्श वाली एक नवयौवना गर्दन झुकाए नीचे बैठी है।

साली को नहला धुलाकर अच्छे कपड़े पहना दें तो साहब की बीबी को मात करेगी।

साहेब की बीबी का ख्याल आते ही उनके चेहरे पर बेबसी छा गई। वह धीरे से उठे और उस गरीब की जोरू से सांत्वना से पेश आने लगे।

गरीब का महत्व अचानक बढ़ गया। उसे कुर्सी पर बिठाया। उसके निवेदन को लिपिबद्ध किया गया। उसे आश्वासन दिया गया। इधर गरीब का विश्वास अचानक सरकार पर होने लगा। उसे थानेदार देवता से लगने लगे। एक साल बाद देवता का प्रसाद घर में खेलने लगा।

थानेदार ने हिसाब लगाकर देखा और सोचा बिरजू अब बीस के आसपास का हो गया होगा। और वासंती........ उनकी आँखों में फिर गुलाबी डोरे तैरने लगे। बच्चों को कौन सी कहानियाँ सुनाएँ यह ख्याल मन में आते ही वे फिर विचलित हो उठे। ऐसी कहानियाँ..........छी! छी! पर मेरे खाते में तो ऐसी ही कहानियाँ हैं।

पत्नी से पूछा तो वह बोली, -अब मैं क्या बोलूं जी! सारी जिंदगी यहाँ-वहाँ से तुम्हारी कहानियाँ सुनती रही। तुम्हारी इतनी कहानियाँ सुनी हैं कि मेरी जिंदगी ही एक कहानी बनकर रह गई है। आज मुझसे मुँह खोलकर पूछा है तो कहती हूँ, तुम्हारी कहानियाँ किसी भी सभ्य समाज के निर्माण में सहायक नहीं हो सकतीं। बच्चों को भूल कर भी अपनी कहानियाँ मत सुनाना। तुम्हारे स्वयं के बच्चों को भी मैने तुम्हारी कहानियों की भनक नहीं लगने दी। फिर दूसरों के बच्चों को गुमराह करने का हमें क्या अधिकार है।

थानेदार स्तब्ध रह गए। पत्नी मुँह में पल्लू दबाती सिसकते-सिसकते अंदर चली गई। उन तीनों मित्रों के लिए गाँव वालों ने यह तय किया था कि रोज चबूतरे पर बैठकर गाँव के बच्चों को वे कहानियाँ सुनाएँ। अपनी सेवाकाल की कहानियाँ।

ये तीनों निवृत्ति के बाद जब अपने पुश्तैनी घरों मे रहने आए तो उनके सामने समस्या थी कि समय कैसे व्यतीत किया जाए। तीनों उच्च पदों से निवृत्त हुए थे। एक थानेदार, एक सरकारी वकील और एक न्यायाधीश।

गाँव के लोगों ने यह कहकर उनकी समस्या का समाधान कर दिया कि ये हमारे लिए गौरव की बात है कि आप जैसे उच्च अधिकारी सेवा निवृत्त होकर फिर अपनी धरती पर लौट आए हैं। आप तो बस गाँव के बच्चों को अपने-अपने सेवा काल की कहानियाँ सुनाइए ताकि उनसे प्रेरणा लेकर ये बच्चे भी कुछ बन सकें।

प्रेरणा शब्द को स्मरण कर थानेदार जी लज्जित हो उठे। कौन-सी कहानी सुनाएँ उनके पास तो सभी -केवल वयस्कों के लिए श्रेणी वाली ही कहानियाँ हैं।

वकील साहेब ने दो कहानियाँ बच्चों के लिए चुन ली हैं, वे अपनी पत्नी से इस संबंध में चर्चा करना चाहते हैं। पत्नी से चर्चा किये बिना तो उन्होंने अपने जीवन में कोई केस भी नहीं लड़ा था। उन्होंने एक बार किचन की तरफ निगाह दौड़ाई, पत्नी को आते देखकर उन्होंने निः श्वास छोड़ा।

-क्या बात है! तुम तो मेरी ऐसी प्रतीक्षा कर रहे हो जैसे अपने सेवाकाल में मुकदमों पर चर्चा करने के लिए किया करते थे।

-सच कहा तुमने! आज भी कुछ ऐसे ही विषय पर तुम्हारी प्रतीक्षा कर रहा था।

-क्या बात है। निवृत्ति रास नहीं आ रही है क्या? फिर चलना है शहर में? कोई मुकदमा मिल गया है क्या?

-ओफ डार्लिंग! तुम्हारी मजाक करने की आदत कब छूटेगी!

-बोलो क्या बात है?

-गाँव वालों ने हम तीनों मित्रों पर एक जिम्मेदारी डाली है कि हम रोज यहाँ के बच्चों को अपने सेवाकाल की कहानियाँ सुनवाएँ ताकि वे उन कहानियों से प्रेरणा लेकर कुछ बन सकें।

-तुम्हारे सेवाकाल की कहानी! पागल हो गए हो क्या! उन गुनाहों को फिर याद करना चाहते हो जिनसे भागकर यहाँ गाँव में शरणी ली है। कहानी मनोरंजन के लिए नहीं होती, प्रेरणा के लिए होती है। सीख लेने के लिए होती है। तुम्हारा पेशा ही ऐसा था जहाँ रोज एक नई कहानी जन्म लेती थी। लेकिन सब कहानियाँ सुनाई नहीं जाती।

तुम्हारे खाते में भ्रष्टाचार, अन्याय, अत्याचार के अलावा है क्या जो इन बच्चों में बांटोगे?

-तुम तो बस! क्यों... वह मुकदमा याद नहीं है जब मैंने टेक्सटाइल किंग मित्तल साहब के हत्यारे को सजा दिलवाई थी। उस मुकदमे को ही कल सुनाता हूँ।

-हाँ! वह मुकदमा मुझे याद है। उस घर के नौकर रामू को उम्र कैद की सजा। मालिकिन के लिए नौकर द्वारा किया गया एक त्याग। सलाह देने वाले तुम। हमें मिले थे एक मुश्त दस लाख रुपये। उस रामू की अबोध बच्ची का चेहरा तो अभी तक मेरी आँखों के सामने दौड़ता है जिसे कैंसर था और सम्पूर्ण इलाज की जिम्मेमदारी मिसेज मित्तल ने ली थी। शायद अपनी बेटी के जीवन के लिए उस गरीब ने इतना बड़ा बलिदान किया था। मर गई थी न बेचारी कुछ महीनों बाद ही! हाँ! हम लोग मिसेज मित्तल की दूसरी शादी की पार्टी में धुत थे, शायद तब की बात है।

-अब तुम तो................

-कहानियाँ परियों की, राजारानी की, भूत प्रेत की, देशभक्ति की, उपदेशों की होती हैं। सेवाकाल की कहानियाँ सुनाने का साहस तो आज किसी में भी नहीं है न देश के मंत्रियों में, न सेना के अधिकारियों में, न स्कूल के शिक्षकों में, न पत्रकारों में, न डॉक्टरों में। फिर तुम्हारा तो पेशा ही ऐसा था कि उसमें से कितना भी छानने का प्रयत्न किया जाए स्वस्थ कहानी निकल ही नहीं सकती। काश कानून की आँखो पर पट्टी नहीं होती तो शायद तुम्हारी भी कहानियाँ बच्चों को लुभा पातीं। सो जाओ।

इधर न्याय वाले साहब की नींद भी उड़ी हुई थी। पत्नी ने पूछा, -क्या बात है। इधर आप, खोए-खोए से रहते हैं।

-नहीं तो ऐसी कोई बात नहीं है।

-आप नहीं बताना चाहते तो न सही, लेकिन मैं जानती हूँ कि इधर

आप सोचने लगे है। न्याय जैसा व्यवसाय आपने बिना सोचे कर लिया। कभी आपको मैंने इतना विचलित नहीं देखा। कैसा भी निर्णय हो कितना भी संवेदनशील मामला हो, मैंने आपको चट्टान की तरह देखा है। पर इधर आप रात-बेरात उठकर बैठ जाते हैं। कमरे में घंटो चक्कर लगाया कराते हैं।

-नहीं ऐसी कोई बात नहीं है। तुम सो जाओ। मैं तो ऐसे ही........

–क्या ऐसे ही! निर्मला का मुकदमा आज भी याद है मुझे। उसके ससुराल वालों ने कितना जुल्म किया था उस पर। लेकिन आपने सारे ससुराल वालों को संदेह का लाभ देते हुए खुला छोड़ दिया और निर्मला को उनके साथ रहने की सलाह दी। दूसरे दिने निर्मला ने आत्महत्या कर ली तब भी तुम चट्टान की तरह दिखाई दिये थे। ये अचानक तुम्हें क्या हो जाता है! तुम तो संवेदना, भावना को ताक पर रखकर अपने फायदे वाले निर्णय सुनाया करते थे। रोज एक नया निर्णय। रोज एक गलत निर्णय। रोज एक अपराधिक निर्णय। लेकिन तुम कभी विचलित नहीं हुए। अब तुम्हें एकाएक क्या हो गया है?

–गाँव वाले चाहते हैं कि मैं यहाँ पर बच्चों को अपने सेवाकाल में किये गए निर्णयों की कहानियाँ सुनाऊँ ताकि वे इन कहानियों से प्रेरणा लेकर कुछ बन सकें। मैं ही क्यों मेरे दोनो मित्रों से भी वे उनके सेवाकाल की कहानियाँ सुनना चाहते हैं।

–चुपचाप सो जाओ। तुम तीनों का सेवाकाल इतना घिनौना है कि उसे हम–जैसी पत्नियों में ही बँटना चाहिए। हमें तो उस पीड़ा को अंत समय तक सहना है। भ्रष्ट जीवन ऊपर से सुखी अवश्य दिखाई देता हो पर उसके अंतर में अनंत दुःखों का अंबार लगा होता है जिसे उसके परिवार वाले भोगते हैं। तुम सारे जीवन लम्बी तानकर सोते रहे सो अब भी वही करो। हम लोग हैं तुम्हारे पापों का बोझ ढोने को। सो जाओ।

चबूतरे पर रोज बच्चे जमा होते हैं कहानियाँ सुनने, पर कहानियाँ मर चुकी हैं।

अशोक कुमार वर्मा
भागलपुर, (बिहार)

लेकिन मुझे तुम पसंद नहीं

सुजागंज बाजार में काफी गहमा-गहमी थी। होगी भी क्यों नहीं। शादी का सीजन चल रहा है। लोग बाग अपने बच्चों की शादी की खरीदारी में व्यस्त थे। ऐसा नहीं था कि हर कोई शादी की खरीदारी ही कर रहा था। रोजमर्रा के सामान खरीदने वालों की संख्या भी कुछ न थी। भीड़ स्वाभाविक थी, तिल रखने की जगह नहीं थी।

पंकज भी जूता खरीदने के लिए दूकान के बाहर से ही खड़े-खड़े दूकान का मुआयना कर रहा था। एक लड़की ने उसके पैर छुए। पहले तो वह सकपका गया। काटो तो खून नहीं। आशंका से उसका दिल-ओ-दिमाग सन्न रह गया। तत्काल लड़की के चेहरे पर नजर पड़ते ही पंकज के चेहरे पर मुस्कान तैरने लगी।

'अरे तुम'...

'जी भैया'...

'कैसी हो'...शादी भी कर ली और भैया को खबर भी नहीं।

'ठीक हूं भैया, घर आईये न! काफी समय हो गया, आप आये नहीं, अभी तक नाराज हैं क्या?' सुनीता ने अनुनय किया।

'अरे नहीं पगली, बहन से भाई नाराज हो सकता है भला। मैं आऊंगा, कुछ ठहर कर सोचता हुआ पंकज बोला, चलो आज शाम को ही आता हूं। खाना तुम्हारे साथ ही खाऊंगा।'

'जी भैया'... और सुनीता चली गई।

सुनीता, पंकज की मुंहबोली बहन। दरअसल पंकज को कोई बहन नहीं थी। बचपन में वह दूसरों की कलाई से राखी बंधा हुआ देखकर राखी बंधवाने के लिए मचलता, बहुत रोता। उसकी मां पड़ोस में किराये पर रहने वाले एक परिवार की लड़की से पंकज को राखी बंधवाने लेकर जाती। पंकज भी राखी बंधवा कर बहुत खुश होता। वह बहन को नेग देना नहीं भूलता। समय बीतता रहा। वह परिवार एक किलोमीटर दूर जमीन लेकर नये मकान में शिफ्ट कर गया। लेकिन पंकज का राखी बंधवाने जाना बदस्तूर जारी रहा। वह कहीं भी रहता राखी बंधवाने जरूर आ जाता।

सुनीता के पिताजी सूरजभान प्रसाद कलक्टेरियट में क्लर्क थे। उनका आदर्श लालबहादुर शास्त्री, महात्मा गांधी जैसे लोग थे। उनके जीवन पर पुस्तकों के नैतिक शिक्षा का व्यापक असर था। वह दूसरों के धन को मिट्टी के ढेले के समान समझते। किसी से भी घूस नहीं लेते। उनका मानना था कि कोई स्वेच्छा से घूस नहीं देता। अपनी परेशानियों से परेशान होकर ही कोई घूस देना कबूल करता है। उस पैसे में उस व्यक्ति की आह छिपी होती है। क्या पता उसकी बददुआ लग जाय? ऑफिस में भी सारे स्टाफ उनके साथ अछूतों जैसा व्यवहार करते। उन्हें सेटिंग फाइल दे दी जाती लेकिन उन्हें जरा भी अफसोस नहीं होता। सूरजभान बाबू जिंदगी मजे से अपने बजट में चलाते रहे। लेकिन हद तो तब हो गई जब सुनीता की शादी की बात शुरू हुई।

लड़के वाले आते, चाय-नाश्ता करते, लड़की देखते, अपनी पसंदगी का इजहार करते। आगे की बातचीत के लिए सूरजभान बाबू को अपने घर

बुलाते। फिर शुरू होती दहेज की मांग, मोल-तोल। एक लम्बी लिस्ट थमा दी जाती। साथ में यह भी एहसास कराते कि आपको पैसे की क्या कमी है। क्लकटेरियेट तो बहती गंगा है, दूज का चांद है। आप की सैलरी तो हर माह बच ही जाती होगी। आपके लिए क्या है इतना-सा मैनेज करना और बेटे की शादी कोई घर से करता है क्या? सुनकर सूरजभान बाबू का कलेजा मुंह को आ जाता, लेकिन बेबश थे। कोई सफाई न दे पाते। तब उन्हें एहसास होता अपनी बेवकूफी का। स्टाफ की बातें मुंह चिढ़ाती नजर आतीं। एक क्षण को विचलित हो जाते। तत्क्षण झटक देते इन गलत विचारों को। अपने आदर्श से उसे कोई नहीं डिगा सकता। उसे अपने आदर्श पर गर्व है। मुट्ठी भीज जाती और लड़के वालों की लिस्ट उस मुट्ठी में चूर-चूर हो जाती।

घर लौटते तो सुनीता की मां अम्बा देवी कुछ नहीं पूछती। वह नतीजे से वाकिफ थी। सूरजभान बाबू फिर प्रयास करते, फिर प्रयास करते और फिर प्रयास करते, ढाक के वही तीन पात। हर बार लड़के वाले आते, चाय-नाश्ता करते और फिर अपने घर बुलाकर सूरजभान बाबू की बेइज्जती लम्बी लिस्ट और दहेज की मांग के साथ करते। हर कोई सूरजभान की ईमानदारी को शक के घेरे में ही लेते। कहते, ये तो हाथी के दांत हैं खाने के और दिखाने के और। सूरजभान बाबू परेशान हो रहे थे। सुनीता भी अपने पिता की परेशानी से काफी दुः खी थी। हद तो तब हो गई जब सुनीता ने घर बेचकर दहेज जुटाने की बात अपने मम्मी-पापा को करते हुए सुना। तब उसे अपने बेटी होने पर आत्मग्लानि का बोध होने लगा। सोचने लगी वह, बेटी होना कोई अपराध तो नहीं। समाज ने बेटी को नुमाईस की वस्तु बनाकर रख दिया है। जानवर की तरह हर किसी के सामने पेश किया जाता है। फिर दहेज का मोल-तोल होता है। लड़की के पसंद-नापसंद, रुचि-अरुचि का कोई ख्याल नहीं, कोई पूछ नहीं और तब कभी-कभी सुनीता आत्महत्या की बात सोचने लग जाती।

पंकज इन सारी बातों से वाकिफ था। सुनीता भी अक्सर अपने पंकज भैया से इन बातों को शेयर करती थी।

पंकज का एक दोस्त था संजय। पंकज ने सुनीता के लिए संजय के माता-पिता से बात की। वे लोग लड़की देखने के लिए तैयार हो गए थे। आज पंकज सबों को लेकर सुनीता के घर गया था। चाय-नाश्ता के बाद संजय के पिता अपनी पसंद का इजहार करने के बाद सुनीता को नेग देना ही चाह रहे थे कि सुनीता तमतमाकर सोफे से उठकर खड़ी हो गई और एक ही झटके में संजय की तरफ मुखातिब होकर बोल पड़ी–'लेकिन मुझे तुम पसंद नहीं।'

सभी लोग भौंचक्के रह गये। संजय अपने माता-पिता के साथ जा चुके थे। पंकज भी अपनी बेइज्जती मानकर बहुत उदास हो गया था। उसके माता-पिता भी इस घटना से हतप्रभ थे लेकिन सुनीता को कोई गम नहीं था। कोई अफसोस की रेखा उसकी पेशानी पर नहीं थी, क्योंकि वह जानती थी कि पापा फिर उनके घर जाएंगे। दहेज की एक लम्बी लिस्ट थमा दी जाएगी। फिर बात तो वहीं की वहीं रह जाएगी।

इस घटना के बाद पंकज सुनीता के घर नहीं जा रहा था। इसलिए सुनीता ने पंकज से नाराज होने की बात कही थी।

पंकज सुनीता के घर पहुंचा तो शाम के छह बज रहे थे। कॉलबेल दबाते ही मुस्कुराते हुए सुनीता ने दरवाजा खोला। काफी खुश थी अपने भैया को देखकर सुनीता। पंकज ने मम्मी-पापा के पैर छुए तो मम्मी ने इतने दिन न आने का उलाहना दे ही दिया। पंकज सुनीता की शादी की बात जानने के लिए उतावला हो रहा था। इशारे-ही-इशारे में उसने अपने जीजाजी के बारे में पूछा। सुनकर सुनीता शर्म से लाल हो गई। तब तक मम्मी चाय-नाश्ता लेकर आ गई। सुनीता तो मुंह खोल ही नहीं रही थी। बिल्कुल सन्नाटा पसरा हुआ था। तब मम्मी ने सुनीता को डांटा। सुनीता थोड़ी झिझक के बाद शादी की बात बताई।

सुनीता बता रही थी–मेरी इस बेजा हरकत से जात-बिरादरी और पूरे समाज में जैसे भूचाल आ गया था। हर तरफ इस बात की ही चर्चा होने लगी थी। शर्म से हमलोग महीनों किसी के घर नहीं गए। एक तरह से घर

में ही नजरबंद की सजा भुगत रहे थे। ऑफिस में भी चर्चा आम हो गई थी। कोई-कोई तो मुझको बदचलन तक साबित करने में जुट गया था। पापा भी एक माह के मेडिकल लीव पर रहे। घर में पूरी मुर्दांगी छाई रही। आंशिक रूप से भी इस मातम के माहौल से निकलने में एक माह से ज्यादा का समय लग गया। पापा की सैलरी न आने की वजह से पैसे की कमी होने लगी। पापा हिम्मत कर ऑफिस जाने लगे। लोगों की बातों को अनसुनी कर देते। कोई जवाब नहीं देते। हमलोग भी धीरे-धीरे हाट-बाजार जाने लगे थे। कब तक घर में बंद रहते। एक दिन मैं अपने लिए सलवार-सूट खरीदने जयश्री गई थी। अंदर एक लड़का और एक लड़की को सेल्समैन सलवार-सूट दिखा रहा था। पीछे से ही वह लड़का जाना-पहचाना-सा लगा। मैं दूकान के अंदर गई तो सचमुच वह लड़का परिचित था। राजेश्वर नाम था उसका। राजेश्वर और मैं नवोदय विद्यालय के छात्रा थे। राजेश्वर मुझसे एक क्लास सीनियर था। मैं गर्ल्स होस्टल में और राजेश्वर बॉय्ज हॉस्टल में रहता था। सुबह असेम्बली में सभी लड़के-लड़कियों के साथ होने का नियम है। राजेश्वर असेम्बली या क्लास रूम जाने के क्रम में मुझसे बातचीत करना चाहता था। लेकिन मैंने कभी उसे लिफ्ट नहीं दिया। क्लास +10 के बाद +2 के लिए D.P.S. रांची चला गया। फिर कभी राजेश्वर ने मिलने या बातचीत करने का प्रयास नहीं किया। उसके जाने के बाद उसके न होने का एहसास मुझे खलने लगा। +2 में मैं नवोदय में ही रह गई थी। राजेश्वर के दोस्तों से पता चला कि उसने एग्रीकल्चर इंजीनियरिंग में एडमिशन लिया है। सुनकर मैं खूब हंसी थी उस दिन। इंजीनियरिंग में इतने सारे ब्रांच हैं, यह एग्रीकल्चर ही बेवकूफ को सूझा। फिर मैं उसको भूल गई। राजेश्वर ने भी कहां याद रखा। दोनों ही एक-दूसरे को भूल गए। बात आई-गई हो गई। अचानक उस दिन राजेश्वर को देखकर थोड़ी असहज हो गई थी मैं। हाय-हैलो के बाद मुझे लगा राजेश्वर अपनी मंगेतर के साथ कपड़े लेने बाजार आया है। इशारे में मैंने राजेश्वर से पूछा तो उसने छोटी बहन का परिचय मुझसे कराया। 'भाभी भी आई हैं क्या?' हमने राजेश्वर से पूछा तो वह बड़ी जोर से हंस पड़ा। मैं भी हैरान थी उसकी हंसी पर।

'अरे पगली, किसान से कोई लड़की शादी कर गांव में रहना चाहती है क्या?'

'तुम तो इंजीनियर हो!' मैंने कहा 'हां मैं इंजीनियर हूं। लेकिन किसका, एग्रीकल्चर का। कोई साफ्टवेयर इंजीनियर या कम्प्यूटर इंजीनियर आदि तो नहीं जो लड़की को बंगलुरू, हैदराबाद जैसे शहरों की सैर कराऊं, मॉल घुमाऊं, रेस्तरां ले जाऊं।'

मैं चुप हो गई। वह हंसमुख राजेश्वर सचमुच दुः खी था। बहन की शादी थी इसलिए बहन को लेकर कपड़ा खरीदने बाजार आया था। मैंने राजेश्वर से मो.नं. लिया और बिना कुछ खरीदे वापस घर लौट आई।

मैं पूरी तरह अनिश्चय की स्थिति में थी। इस कशमकश में रात्रि के दस बज गए। मैंने एक बार राजेश्वर से बात करने का मन बना लिया।

'हैलो राजेश्वर, मैं सुनीता बोल रही हूं।'

'हां सुमी, बोल, मैं राजेश्वर...।'

बड़ा ही मधुर लगा राजेश्वर का यह उपनाम, मेरी हिम्मत बढ़ी।

'हैलो राजेश्वर, मैं सोच रही थी कि तुम सो गए होगे।' आज कोई दीवार नहीं थी। था तो सिर्फ राजेश्वर का सुमी और मेरे लिए सिर्फ तुम।

'हां, सुमी, नींद नहीं आ रही है।' –राजेश्वर कह रहा था। 'आज तुम्हें देखकर इतने वर्षों के बाद नवोदय की याद ताजा हो गई, मैं तुम्हें बहुत चाहता था सुमी। तुम बहुत खूबसूरत थी ऐसा नहीं था। तुमसे ज्यादा खूबसूरत दूसरी लड़कियां वहां थी लेकिन तुममें क्या खास था कि मैं तुम्हें ही दिलोजान से चाहने लगा था। तुमसे बात करने के लिए गर्ल्स हॉस्टल से असेम्बली तक, यहां तक कि टीचर की परवाह किये बिना क्लास रूम तक मैं तुम्हारा पीछा करता। कभी-कभी तो दोस्त भी मजाक कर देते। मुझे गुस्सा तो बहुत आता था लेकिन मैं मजबूर था दिल के हाथों, परन्तु तुमने कभी घास नहीं डाला। हमेशा उपेक्षा ही करती रही।'

'हां राजेश्वर, सच कहा तुमने। उस समय तक मैं कुछ समझ नहीं पा

रही थी। हर चीज को मजाक में लेती। तुम्हें भी मजाक में ही लिया था। यहां तक कि अपनी सहेलियों में भी तुम्हारा मजाक बनाती रही। लेकिन जब तुम 10th पास कर चले गए और मैं 10th में आई तो तुम्हें न पाकर मेरी जिंदगी में कुछ खालीपन का एहसास होने लगा। तुम्हारी कमी खलने लगी। बार-बार मैं पीछे मुड़कर देखती। मुझे भ्रम हो जाता कि अभी तुम आ रहे हो, वो आ रहे हो। मैं क्या बताऊं। जब तुम सर्टिफिकेट लेने आए थे तो मैंने तुमसे मिलने का प्रयास किया था। लेकिन तुम बिना मुझे देखे ही दोस्तों के साथ वापस चले गए थे। एक बार जी में आया कि आवाज दूं। लेकिन मैं अपने को मजाक नहीं बनाना चाहती थी। हमारी स्थिति अच्छी न थी। न पढ़ने में दिल लगता, न दोस्तों से बातचीत में, यहां तक कि खाना भी अच्छा नहीं लगता। मैं हमेशा शांत रहने वाली लड़की मेस इंचार्ज पर चिल्लाने लगी थी। दोस्तों से बात-बात में उलझ जाती। बिल्कुल चिड़चिड़ी हो गई थी। इतने में गर्मी की छुट्टी हो गई। छुट्टी में घर चली आई। दो माह घर में रह गई। +2 का सवाल था, अपने को स्थिर कर पढ़ाई में फिर से मन लगाना प्रारंभ किया। फिर भी रिजल्ट खराब हो ही गया। तुम्हारा कोई दोस्त मिल जाता तो मैं तुम्हारे बारे में पूछती लेकिन इधर कई वर्षों से तुम्हारी कोई खबर नहीं मिली थी कि अचानक आज तुमसे मुलाकात हो गई। राजेश्वर आई एम रियली भेरी सॉरी, भेरी सॉरी राजेश्वर, मुझे माफ कर दो, मुझे माफ कर दो।' और मैं फोन पर ही रोने लगी थी।

'सुमी...सुमी... ये तुम क्या कर रही हो? क्यों रो रही हो? पागल हो क्या? मैंने कभी इन बातों का बुरा नहीं माना। मैं अब भी तुमसे उतना ही प्यार करता हूं पगली। अब भी मेरे दिल में तुम्हारे लिए उतनी ही इज्जत है, जितनी नवोदय में थी।'

–राजेश्वर का स्वर भी आर्द्र था।

'तुम मुझसे मिल सकते हो क्या राजेश्वर' मैंने पूछा।

'हां-हां, क्यों नहीं, लेकिन पन्द्रह दिन बाद, घर में शादी का महौल है। आठवें दिन बहन की शादी है। काम काफी बचा हुआ है। शादी के बाद

पन्द्रहवें दिन तुमसे मिलने तुम्हारे घर ही आऊंगा। ये मेरा वादा है सुमी। ये नं. तुम्हारा ही है क्या? इसे मैं सेव कर लेता हूं।'

'एक-एक दिन एक-एक वर्ष की तरह बेचैनी में मैंने गुजारे थे। बिल्कुल बावरी हो गई थी। मीरा प्रेम-दीवानी, दूजा न कोय। हर दिन को लाल कलम से काटती। सुबह-शाम गिनती, आज दो दिन बीत गए, आज चार, आज आठ दिन बीत गए। आज उसके बहन की शादी होगी। आज चौदह दिन बीत गए। मिलने की घड़ियां ज्यों-ज्यों नजदीक आ रही थीं मेरे दिल की धड़कन तेज होने लगी थी। आज सुबह हमने पन्द्रहवें दिन को काटा था। आंखें नम हो आई थीं। अगर आज वह नहीं आया तो, उसने हमें अस्वीकार कर दिया तो। आशंका से दिल बैठने लगा था लेकिन दिल के ही किसी कोने में यह दृढ़ विश्वास था कि आज वह जरूर आयेगा। कभी मैं दरवाजे पर जाती, कभी घर को ठीक करती, कभी सोफे पर पड़े कुशन को बार-बार हर ऐंगिल से ठीक करती, बहुत खुश थी मैं।' –सुनीता बोले जा रही थी। पंकज भी पूरी तन्मयता के साथ सुन रहा था। पिन-ड्रॉप-साईलेंस था। पंकज ने पानी पीने की इच्छा जाहिर की तो सुनीता उठकर रसोई में पानी लाने चली गई। तब आगे की बात मां ने बताई –

'चार बज गये थे। अब वह निराश होने लगी थी कि कॉलबेल बज उठा। दरवाजे पर राजेश्वर हाथ में बुके लिए खड़ा था। सुनीता ने मुझसे उसका परिचय कराया तो उसने मेरे पैर छुए। थोड़ी इधर-उधर की बातों के बाद उसने मेरे हाथ पकड़ लिए। मैं घबड़ा गई, लेकिन उसने जो कहा, उसे सुनने के लिए मेरे कान कब से तरस रहे थे। उसके कहे एक-एक शब्द मेरे कानों में मधुर रस घोल गए। मैं आहलादित हो गई।'

राजेश्वर हाथ पकड़ कर बोल रहा था –'मां जी, मैं एक चीज मांगने आपके पास आया हूं। आशा करता हूं कि आप निराश नहीं करेंगी। आप मुझे नहीं जानतीं, मैं और सुनीता नवोदय विद्यालय में ही पढ़ते थे। सुमी हमसे एक क्लास जुनियर थी। मैंने एग्रीकल्चर में बी.टेक. किया है।' –और राजेश्वर चुप हो गया।

'मैं समझी नहीं बेटा, तुम कहना क्या चाह रहे हो?' मैंने पूछा।

'मां जी, मुझे सुमी चाहिए। मैं सुमी को अपने घर की शोभा बनाना चाहता हूं। वैसे आपको 'न' कहने का पूरा-पूरा अधिकार है। हां, लेकिन न कहने के पहले एक बार, सिर्फ एक बार मेरे परिवार से मिल लें, मेरे आचरण के बारे में भी पूरी-पूरी पड़ताल कर लें।' राजेश्वर भावुक था।

'दहेज कितना देना होगा' –मेरा लहजा थोड़ा कठोर हो गया था।

'क्या कह रही हैं मां जी!' राजेश्वर घबड़ा गया था।

'सच कह रही हूं बेटा, दहेज नहीं दे पाने की वजह से ही सुनीता की शादी रुकी हुई है। तुम भी तो बी.टेक. हो। दहेज तो देना ही होगा।'

'माफ कीजिएगा मां जी, मैं समाज का ठेकेदार तो नहीं लेकिन मुझे मेरी बात कहने का पूरा हक है। मैं अथवा मेरे माता-पिता आपसे इस तरह की कोई मांग नहीं करेंगे। मुझे सिर्फ सुमी चाहिए एक कपड़े में 'बस' –राजेश्वर सचमुच गंभीर था।

'ठीक है शाम को इसके पापा ऑफिस से आते हैं। तो बात करूंगी मैं।'

और राजेश्वर ने अपना पता, मोबाईल नं. यहां तक कि रूट चार्ट बनाकर मुझे दे दिया। सुनीता के आग्रह के बावजूद सिर्फ चाय पीकर चला गया।

दो दिन बाद बिना किसी पूर्व सूचना के हम लोग उसके घर गए थे। घर बड़ा-सा पक्का का था। घर पर गाय वगैरह के लिए अलग खटाल बनाया गया था। उसके माता-पिता ने समुचित स्वागत किया। बिना कुछ दान-दहेज की बात किये अगले माह की दस तारीख को बिना बाजा, बिना बारात मंदिर से शादी करने की बात पक्की कर दी। पंकज, मैंने पता किया था तुम उस समय दिल्ली में थे।

'कोई बात नहीं है मम्मी। मुझे तो बहुत खुशी हुई। आज भी समाज में अच्छे लोगों की कमी नहीं है। सुनीता हमेशा खुश रहे, प्रभु से मेरी यही

कामना है और भाई का भी आशीर्वाद है।' पंकज बोल पड़ा।

'अरे भैया, सुनीता बोल रही थी –ग्रामीण क्षेत्रा के विकास के लिए दिन-रात काम करते रहते हैं राजेश्वर। जैविक खाद, डेयरी, मत्स्य-पालन, छोटे-छोटे कुटीर उद्योग आदि के लिए नवयुवकों की सहकारी संस्था बनवा देते हैं और अपने दिशा-निर्देशों पर काम करवाते रहते हैं। यहां तक कि सुबह ग्रामीण क्षेत्रा में उपजने वाले फल-सब्जी, दूध आदि लेकर ट्रैक्टर मंडी आता है और शाम तक क्षेत्र की आवश्यकता के अनुरूप सभी सामान लेकर वापस जाता है। शाम चार बजे से रात्रि के दस बजे तक मेला-मेला रहता है बंगले पर। कहां-कहां से पुस्तकें मंगवाकर लोगों को समझाते रहते हैं। फसल चक्र आदि अपनाने की बात बताते रहते हैं। मुझे भी घसीटते हैं, कहते हैं तुम्हारा साईंस सब्जेक्ट अच्छा है, बच्चों को पढ़ाओ। मैं चार घंटा रोज पढ़ाती हूं। मैं तो बहुत खुश हूं भैया। बहुत खुश।'

सचमुच सुनीता के चेहरे पर खुशी की तरंगें उठ रही थीं। रात्रि के दस बज चुके थे। खाना खाकर पंकज भी सबों से विदा ले रहा था।

राजीव डोगरा

ज़िंदा इंसानियत

नेहा मध्यवर्ती परिवार से संबंधित है। सालों पहले उसकी माता की मृत्यु हो चुकी है। घर में उसके अलावा उसके पिता थे जो अक्सर बीमार रहते थे।

उसका छोटा भाई है जो अभी स्कूल में दसवीं कक्षा में पढ़ता है। घर की सारी जिम्मेवारी नेहा के सिर पर ही है इसीलिए नेहा एक प्राइवेट कंपनी में घर चलाने के लिए कार्य करती है। आज नेहा को ऑफिस में थोड़ा काम ज्यादा था इसीलिए उसे घर आने में रात हो चुकी थी। करीब रात के दस बज चुके थे। नेहा ऑफिस से निकली, बाहर सड़क की तरफ नजर मारी तो आज कोई टैक्सी वाला नहीं था। नेहा ने सोचा थोड़ा इंतजार करती हूं और ऐसे ही इंतजार करते-करते रात के साढ़े दस हो चुके थे। नेहा को ख्याल आया कि घर पर उसके पापा भी चिंतित होंगे और ऐसे ही इंतजार करती रही तो बहुत रात हो जाएगी, यही सोचती हुई नेहा धीरे-धीरे पैदल ही चल पड़ी और सोचा जहां पर टैक्सी मिल जाएगी वहां पर ले लेगी। सर्दी का मौसम था और चारों तरफ हल्की सी धुंध छाई हुई थी। नेहा आज पैदल तो जा रही थी मगर उसे घबराहट भी बहुत हो रही थी क्योंकि जिस मार्ग से उसने घर की तरफ जाना था उस मार्ग के बारे में उसने सुन रखा था कि

वहां पर कुछ समय पहले किसी रवि नाम के लड़के की मौत हो चुकी थी और आज भी उस लड़के की आत्मा उस मार्ग पर अक्सर रात में लोगों को नजर आती है। अभी नेहा यह सब सोच ही रही थी कि उसने चार लड़कों को मुंह पर कपड़ा बांधे हुए उसकी तरफ आते हुए दिखा। नेहा एकदम घबरा गई और भागने लगी उसको देख कर वह लड़के भी उसके पीछे-पीछे भागने लगे। भागते-भागते नेहा घबराहट से नीचे गिर पड़ी और चारों लड़कों ने उसको घेर लिया। चारों लड़के उसके साथ छीना-झपटी करने लगे। नेहा ज़ोर-ज़ोर से चीखने लगी बचाओ! बचाओ! बचाओ!

एक लड़के ने कहा, -अबे भाई देखता क्या है? लड़की के मुंह को बंद कर नहीं तो यहां कोई ना कोई आ जाएगा।

इतनी बात अभी लड़के ने बोली ही थी कि दूर से एक आदमी आता हुआ दिखा और आदमी ने जोर से बोला अरे! यह क्या कर रहे हो तुम लोग।

लड़के ने आदमी से कहा, अबे! चल यहां से भाग नहीं तो हमारे हाथों मारा जाएगा। मगर वह आदमी यह सब सुनकर भी उनकी तरफ आगे बढ़ने लगा। चारों में से एक लड़का हाथ में छुरा लिए उस आदमी की तरफ दौड़ा मगर आदमी ने ऐसा जोरदार घूंसा मारा कि वह लड़का वहीं के वहीं बेहोश हो गया। यह देख कर बाकी तीन लड़के डर के मारे नौ दो ग्यारह हो गये। आदमी नेहा के पास गया और कहने लगा बहन घबराओ मत मैं आ गया हूं चलो मेरे साथ चलो मैं तुम्हें छोड़ देता हूं। नेहा चुप-चाप बिना कुछ बोले आदमी के साथ चल पड़ी। जब नेहा का घर बिल्कुल सामने आ गया तो नेहा ने आदमी से कहा, -भाई आप चले जाएं, मेरा घर अब बिल्कुल सामने ही है। आदमी ने कहा, ठीक है। आदमी वहीं रुक गया और नेहा आगे चल पड़ी इतने में नेहा को मन में विचार आया कि उसने तो आदमी से उसका नाम भी नहीं पूछा और ना ही उनका शुक्रिया किया। वह पीछे की तरफ मुड़ी तो आदमी अभी वहीं खड़ा था। नेहा ने पूछा भाई आपका नाम क्या है? और कहां रहते है? आपका बहुत शुक्रिया आपने मुझे बचा लिया आज।

आदमी ने हंसते हुए कहा, -बहन मेरा नाम रवि है, मैं यहीं इसी सड़क पर ही रहता हूं यही मेरा घर है और शुक्रिया की कोई बात नहीं भले ही मैं मर चुका हूं मगर मेरी इंसानियत आज भी जिंदा है।-और इतना कहते ही वह आदमी धुएं की तरह उड़ गया। नेहा हक्की बक्की रह गई। क्योंकि जिस चीज से वह डर रही थी उसी ने आज उसकी जान बचाई थी। अब कभी नेहा ऑफिस से लेट हो जाती है तो बिना डरे उस रास्ते पर पैदल चल पड़ती है क्योंकि उसे मालूम है भले ही वह इंसान मर चुका है मगर उसकी इंसानियत आज भी जिंदा है।

आशा उमेश पान्डेय

अहंकार

स्कूल में कुछ लड़के लघु अवकाश के समय आपस में एक समूह में बैठ कर बातें कर रहे थें। उनमें से एक लड़का रवि जो क्लास का टापर था उसने अपने ही क्लास के एक समान्य लड़के समीर से कहा कि अच्छा चल एक गणित का सवाल देता हूँ उसे तू हल करके दिखा। दोनों के बीच संवाद कुछ इस प्रकार शुरू होता है.....

रवि-समीर तू गणित का ये प्रश्न हल करके दिखा।

समीर-प्रश्न हल करके दिखाता है।

रवि-हा हा हा

समीर-तू इतना हँस क्यों रहा है? क्या हुआ?

रवि-समीर तू पढ़ाई छोड़ दे! बेकार में माँ-बाप का पैसा बर्बाद कर रहा है तू।

समीर-अब बता भी क्या हुआ?

रवि-यार जब तू इतना सरल सवाल भी गलत बना रहा है तो तू कैसे पढ़ पायेगा? ये तेरे बस की बात नहीं है, तू कुछ और काम कर ले।

समीर-कुछ नहीं बोला।

दुसरे दिन ही तिमाही परीक्षा की उत्तर पुस्तिका दिखा रहे थे, उसमें गणित की भी कापी थी।

शशांक-(जो रवि के साथ एक ही बैंच पर बैठता) रवि गणित में कितने नम्बर आये तेरे।

रवि-रवि ने अपना मुह लटका लिया।

समीर-क्या हुआ रवि तुम उदास क्यों हो?

रवि-यार मैं गणित में फेल हो गया।

समीर-क्या....? झूठ मत बोल यार।

रवि-सच में..... समीर तुम्हारा कितना आया।

समीर -55 नम्बर, सेकेंड डिवीजन आया है।

रवि को अपने होशियार होने और टापर होने का इतना अहंकार हो गया था कि वह अपने आगे सभी को बहुत छोटा समझता था और हमेशा कहीं पर भी किसी का मजाक बना देता था। उसको अपनी योग्यता पर अति आत्मविश्वास था। कभी भी ओवर कांफिडेंस नहीं रखना चाहिए और न ही अपने से किसी को कमजोर और छोटा आंकना चाहिए और न ही किसी की बुद्धि का आंकलन करना चाहिए। जरूरी नहीं कि हर सवाल का जबाब हर कोई दे सकता है।

किसी को भी अपनी योग्यता पर अहंकार नहीं करना चाहिए और अगर योग्यता है तो हमें दूसरों को बांटना चाहिए और दूसरों से भी कुछ सीखने का प्रयास करना चाहिए और हमेशा दूसरों का परिहास करने से बचना चाहिए।

डॉ. अनिता राठौर मंजरी

वैदेही

आज मैं अपने जीवन के 60वें में बसंत में प्रवेश कर रहा हूँ। अपने इस जीवन में खुश, संतुष्ट और खुशहाल हूं। मस्तिष्क में किसी प्रकार का तनाव, अशांति और बोझ नहीं है। जीने की तीव्र जिजीविषा है मेरे अंदर। आज बसंत पंचमी है, मेरा जन्मदिन भी है। अपने छोटे से बगीचे में टहलते हुए वैदेही का इंतजार है मुझे। हर जन्मदिन पर वह दिल्ली से मेरे पास आती जरूर है।

वैदेही और मेरा क्या रिश्ता है? इससे अनजान हैं हम दोनों। सच तो यह है कि वैदेही ने जानबूझकर ही कोई रिश्ता नहीं बनाया क्योंकि वह कहती है कि रिश्ते बनाना सरल है लेकिन निभाने कठिन इसलिए 20 साल छोटी होने के बावजूद भी वह मुझे बसंत जी कहती है।

लेकिन दुनिया वालों ने अपनी सोच, मानसिकता और मर्जी से हमारे बीच रिश्ता बना दिया है। पास पड़ोस के अधिकतर लोग हमारा प्रेमी प्रेमिका का रिश्ता बताते हैं तो कुछ अपने को आदर्शवादी, महान और सत्यवादी समझने वाले हमारे बीच भाई बहन या पिता पुत्री का रिश्ता बताते हैं। वैदेही का मेरे जीवन में प्रवेश भी ऐसे मोड़ पर हुआ था जहां शक की सुई सबकी नजरों में ठहर गई थी।

घटना 20 साल पुरानी है। मैं अपनी पत्नी संगीता को बेहद चाहता था। मेरी चाहत की पराकाष्ठा का यह आलम था कि जब संगीता के प्रथम गर्भपात पर डॉक्टरों ने मुझे उसके पुनः गर्भधारण करने को बेहद रिस्की बताया तो मैं विचलित हो गया। मैं उसे अपने प्राणों से भी अधिक चाहता था इसलिए उसे बताए बगैर अपनी नसबंदी करा ली। जब उसका संगीता को पता चला तो वह फूट-फूटकर रो पड़ी। यह आंसू उसके मातृत्व सुख का सपना पूर्ण ना हो सकने के थे लेकिन उसके चेहरे पर गर्व मिश्रित भाव परिलाक्षित हो रहे थे कि उसका पति उसे किस हद तक चाहता है।

लेकिन पत्नी सुख मेरे नसीब में नहीं था। एक दिन अपनी सहेली के यहां से लौटते वक्त सड़क दुर्घटना में उसकी मौत हो गई। मेरा तो जैसे सब कुछ लुट गया। अचानक इस तरह संगीता मुझे छोड़ कर चली जाएगी ऐसा तो कभी मैंने सोचा ही ना था। अपना जीवन निस्सार, नीरस और बोझ लगने लगा था मुझे।

संगीता की मृत्यु के बाद ऑफिस जाना, लोगों से मिलना जुलना यहां तक कि बाहर निकलना भी बंद कर दिया था मैंने। हर वक्त उसकी याद में उदास, गुमसुम और खोया खोया सा रहने लगा। निरंतर स्वास्थ्य भी गिरने लगा था मेरा। दुख की इस घड़ी में किसी ने ना मुझे संभालना ना भावात्मक सहारा दिया। सभी ने मुझे मेरे हाल पर छोड़ दिया। पिताजी मुझे सांत्वना देने की बजाए डांटते, -औरत के लिए आदमी का इस तरह मातम करना पागलपन की निशानी है। एक मर गई तो क्या दसियों मिल जाती हैं मर्दों को। रोना धोना और मातम करना सिर्फ औरतों को शोभा देता है मर्दों को नहीं।

मेरी गिरती हालत को देखकर मेरे बड़े भाई ने पिताजी को समझा-बुझाकर पूरी वसीयत अपने नाम करा ली। उस मकान को भी बेच दिया जिसमें मैं पिताजी और मां के साथ रहता था। मकान बेचते ही मां पिताजी अपने सुरक्षित और सुखमय भविष्य के खातिर अपने बड़े बेटे के साथ मुंबई चले गए। बहनों ने भी मुझ से नाता तोड़ लिया क्योंकि आर्थिक रूप से कमजोर

हो चुके भाई के पास उन्हें देने के लिए कुछ भी नहीं था। मैं दर-दर का भिखारी हो गया। कोई मित्र, परिचित और रिश्तेदार मेरा हाल तक ना जानने आया।

संगीता का गम भुलाने और जीवन के दुखों से मुक्ति पाने के लिए एक दिन मैं सुबह ही सुबह रेल की पटरियों पर लेट गया। अचानक उधर से गेरुआ वस्त्र धारण किए कुछ लोगों की टोली गुजरी। मुझे इस तरह पटरियों पर लेटा देखकर उनमें से एक चिल्लाया, -गुरु महाराज, देखिए एक मनुष्य पटरियों पर लेट कर अपना जीवन खत्म करने का प्रयास कर रहा है। यह सुनकर एक अधेड़ गेरुआ वस्त्रधारी व्यक्ति विद्युत गति से दौड़ कर मेरे करीब आया और मुझे खींचते हुए क्रोधित स्वर में चिल्लाया, -मूर्ख प्राणी, इस तरह अमूल्य जीवन को खत्म करने का तुझे कोई अधिकार नहीं है।

-मैं जीना नहीं चाहता बाबा मुझे मर जाने दो

-मैं उसके पांव में गिरकर गिड़गिड़ाने लगा।

-मूर्ख आत्महत्या करना पाप है। जीवित रहो लेकिन सांसारिक झूठे रिश्ते नातों को तोड़ो, संसार का मोह त्यागो, भौतिक सुख-सुविधाओं को छोड़ो, हमारे साथ आओ फिर देखो कितनी परम शांति है ऐसी शांति जिसमें तुम अपना पिछला सब कुछ भूलकर परमआनंद में लीन हो जाओगे।

-क्या ऐसी शांति मुझे मिल मिल सकेगी बाबा? इसके लिए मुझे क्या करना होगा?

-हमारे साथ हमारे आश्रम में चलो सब जान जाओगे। बाबा का वात्सल्य और स्नेह भाव देखकर मैं उनकी टोली के साथ चल पड़ा। शहर से दूर बहुत बड़ा खुला और हवादार आश्रम था बाबा का। सैकड़ों शिष्य शिष्याएं थी वहां। एक तरफ बहुत बड़ा रसोइ घर था। दिन भर श्रद्धालुजन आते बाबा के दर्शन के लिए। बाबा उन्हें शांति और आनंद का मार्ग दिखाते। आश्रम का अनुशासन बहुत ही कठोर था। सभी की दिनचर्या बहुत व्यस्त थी। शुरु शुरु में मुझे बर्तन साफ करने का काम मिला। एक रात मैं बर्तन साफ कर

रहा था अचानक एक ट्रक पिछले दरवाजे पर रुका। कुछ पुराने शिष्य जल्दी जल्दी ट्रक में कुछ पेटियां रखने लगे। मुझे दाल में कुछ काला नजर आया। मैंने तुरंत उसके विषय में एक शिष्य से पूछा तो उसने बताया -इस गुरु पूर्णिमा पर बाबा के दूसरे आश्रम पर भंडारा है। वहीं पर सामान जा रहा है -लेकिन उसकी बात पर मुझे विश्वास नहीं हुआ। अगर भंडारे का सामान जा रहा है तो इतनी रात को चोरी छिपे आश्रम के पिछले दरवाजे से क्यों जा रहा है? फिर सामान पेटियों में क्यों? रात भर शक का कीड़ा मेरे मन में कुलबुलाता रहा।

बाबा के निजी कक्ष में जाने की इजाजत नहीं थी मुझे क्योंकि मैं अभी आश्रम में नया था। एक दिन सुबह ही सुबह आश्रम में हड़कंप मच गया। स्नान गृह में बाबा का पैर फिसल गया और वह बेहोश हो गए। सभी शिष्य शिष्याएं स्नानगृह की तरफ भागे। मैं भी उन्हीं के साथ दौड़ पड़ा। बाबा का स्नान गृह देखकर मैं बेहोश बाबा को देखना ही भूल गया। अपने जीवन में इतना आलीशान बाथरूम मैंने कभी नहीं देखा था। कीमती गीजर, अत्याध ुनिक बाथटब, खूबसूरत शावर, महंगे साबुन, शैंपू, पेस्ट इत्यादि से सुसज्जित बाथरूम देखते ही बनता था। फोन से तुरंत डॉक्टर को बुलाया गया। शहर का सबसे मशहूर फिजीशियन आया। यह सब देखकर मेरा संवेदनशील मन रो पड़ा कहां संसार और भौतिक सुख-सुविधाओं को त्यागने की बात कर रहा यह बाबा खुद भौतिक सुख-सुविधाओं का भरपूर उपयोग कर रहा है। दो-तीन दिन बाबा का हाल जानने जा रहे हैं उनके विश्वसनीय शिष्य से निवेदन करके मैं भी उनके साथ बाबा के कक्ष तक चल पड़ा। कक्ष के दरवाजे बंद थे। बंद देखकर शिष्य बोला, -लगता है बाबा आराम कर रहे हैं बाद में आएंगे।

-हम मुड़े ही थे कि बाबा के कक्ष का दरवाजा खोल कर लगभग उन्नीस बीस वर्षीय एक युवती चिल्लाती हुई बाहर निकली। बाबा उसे जबरदस्ती अंदर खींचने लगा। यह देखकर मेरे तन बदन में आग लग गई। तन से साधु और मन से दानव, उस पाखंडी बाबा का असली रूप अब मेरे सामने

आ गया था। मैं अपना आपा खो बैठा, -शर्म नहीं आती तुझे ढोंगी, झूठे, पाखंडी यही है तेरी शांति और आंनद का मार्ग? तुझे छोडूंगा नहीं -कहते जैसे ही मैंने बाबा का गिरेबान पकड़ा तभी शोर सुनकर वहां आए तमाम शिष्यों ने मुझे दबोच लिया।

-शिष्यों छोड़ दो इसे, नादान प्राणी है यह कहते हुए बाबा ने उन सभी को वहां से जाने का हाथ से इशारा कर दिया। इस बीच युवती ने अपने शरीर को बैड की चादर से लपेट लिया।

-नादान और मूर्ख प्राणी शायद तुम अनजान हो इस तथ्य से कि भोग जीवन का एक महत्वपूर्ण हिस्सा है। इस कन्या का तो जन्म ही भोग के लिए हुआ है। इसे मैं नहीं तो कोई अन्य पा लेगा।

इसलिए तुम व्यर्थ में क्रोधित होकर अपना रक्तचाप ना बढ़ाओ। थोड़ी शांति, संयम और धीरज रखो। थोड़ी देर पश्चात इस कन्या को मैं तुम्हारे पास भेज दूंगा। जो जी चाहे करना। फिर मुझे बताना तुम्हें कितनी शांति और आनंद की प्राप्ति हुई है -कह कर वह कुटिलता से मुस्काराते हुए चेतावनी भरे स्वर में बोला, -अब अगर जरा भी चूं चपड़ की तो तुझे उसी दिन की तरह रेल की पटरियों पर लिटा आएंगे मेरे शिष्य और तब तक नहीं हटने देंगे जब तक वहां से कोई रेल ना गुजर जाए। क्रोध से मेरी मुट्ठियां भिच गईं और आंखों में खून उतर आया। जी चाहा उसी वक्त उस पाखंडी का गला दबा दूं लेकिन उस मासूम बच्ची को देखकर मुझे अपने क्रोध पर काबू रखना पड़ा। मैंने मन ही मन एक योजना बना ली। जबरदस्ती मुस्कुराते हुए चापलूसी भरे स्वर में बोला, -बाबा मुझे माफ कर दो पता नहीं मुझे क्या हो गया था। आपने मुझे सहारा दिया और मैंने आप का ही अपमान कर दिया -कहते हुए घड़ियाली आंसू बहाने लगा। पश्चाताप से भरा देखकर बाबा प्रसन्न होकर बोला, -जा बच्चा हमने तुझे नादान समझ कर माफ कर दिया। हम तुझसे बहुत खुश हैं। आज तू हमसे कुछ भी मांग ले।

मैं बोला -बाबा आपने अपने जीवन में तो बहुत कुछ सुख पाया है लेकिन मैं इस सुख से वंचित रहा हूं इसलिए आपसे निवेदन करता हूं इस

कन्या को पहले मैं ले जाना चाहता हूं।

बाबा कुछ सोचने लगा फिर बोला, -बच्चा हम किसी की जूठन स्वीकार नहीं करते लेकिन तुम इतने प्रेम भाव और अपनेपन से कह रहे हो तो हम तुम्हारी जूठन को भी प्रसाद समझकर ग्रहण कर लेंगे। -कहते हुए उसने लड़की को साथ ले जाने का आदेश दे दिया।

कमरे में वह लड़की चिल्लाते हुए चेतावनी भरे स्वर में बोली, -खबरदार जो तुमने हाथ भी लगाया मुझे, जान ले लूंगी तुम्हारी कहते हुए उसने मेज पर रखा कांच का गिलास तोड़कर मेरी तरफ तान दिया

-बेटी ऐसा कुछ नहीं करूंगा मैं तुम्हारे साथ विश्वास करो मेरा

-बेटी कहकर रिश्ता बनाने की कोशिश मत करो।

-यह तुम क्या कह रही हो?

-आप ही की तरह एक आदमी ने मुझसे बेटी का रिश्ता जोड़ कर इस पाखंडी बाबा के हाथों बेच दिया मुझे।

मेरे समझाने और सहानुभूति पाकर उसने मुझे बताया,

-मेरा नाम वैदेही है। मेरी मम्मी का पुरुष मित्र अजीत और यह तथाकथित पाखंडी बाबा साथ मिलकर गैरकानूनी काम करते थे। मेरे पापा नवीन एक निर्भीक और ईमानदार पत्रकार थे। पापा ने बाबा और अजीत की काली करतूतों का खुलासा अख़बार में कर दिया इससे चिढ़कर अजीत ने सुनियोजित ढंग से मम्मी को पापा के खिलाफ भड़काना शुरू कर दिया। मम्मी ने पापा की उपेक्षा करनी शुरू कर दी और फिर वे मुझे और पापा को छोड़कर खुलेआम अजीत के साथ रहने लगीं। पापा यह बर्दाश्त ना कर सके और अंदर ही अंदर टूट गए और एक रात हार्टअटैक से उनका देहांत हो गया। पापा की मौत के बाद मैं एकदम अकेली पड़ गई तब अजीत मुझ से माफी मांगते हुए सहानभूति दिखाते हुए अपनी बेटी बनाकर मुझे अपने घर ले गया और धोखे से मुझे इस पाखंडी बाबा के हाथों बेच दिया।

-इतनी कम उम्र में वैदेही की दुख भरी कहानी सुनकर मैं अपना दुख

भूल गया। उसके सिर पर हाथ रखकर बोला, -वैदेही तुम्हारा दुख तो मेरे दुख से कई अधिक गुना बड़ा है। कैसे सहे तुमने इतने जानलेवा दुः ख? मैं तो अपने दुखों से घबराकर अपनी जान देने पर ही आमादा हो गया था। भावावेश में मेरे आंसू निकल पड़े।

इस बीच वह मेरा नाम जान चुकी थी। बोली, बसंत जी, दुखों को हमें जीवन में एक चुनौती के रूप में स्वीकार करना चाहिए। दुख से ही तो हमें जिंदगी के जटिल अनुभव प्राप्त होते हैं। यह दुःख ही तो हमें अच्छे बुरे और अपने पराए की पहचान कराता है। दुखों से आजिज होकर खुद जिंदगी खत्म करना एक बेवकूफी के अलावा और कुछ नहीं है। दुख का मतलब है जिंदगी से संघर्ष करना जो इस संघर्ष में विजयी हो गया समझो उसने सब कुछ जीत लिया। इतनी कम उम्र की लड़की के मुंह से ऐसी गहरी बात सुनकर मैं आश्चर्यचकित हो उठा।

सच ही कहा उसने दुख से ही जटिल अनुभव प्राप्त होते हैं। मैंने भी कई अनुभव हासिल किए इस दुख से। अपने पराए की भी खूब पहचान हो गई थी मुझे।

एक बार इस चंगुल से छूट जाऊं तो इस पाखंडी बाबा और अजीत को सबक जरूर सिखाऊंगी।

-जोश से भरपूर स्वर में वह बोली। उसकी बातों से मेरा भी हौसला बढ़ गया। हम दोनों बहुत ही होशियारी से चुपचाप मध्यरात्रि में दबे पांव आश्रम से भाग निकले। वैदेही के साथ में उसके पिता के घर आ गया।

दूसरे दिन अजीत वहां आ धमका। अपनापन जताता हुआ बहुत ही स्नेह से बोला, -बेटी घर चलो तुम्हारी मां तुम्हारा इंतजार कर रही हैं। अपने किए पर हम दोनों ही शर्मिंदा है और माफी मांगते हैं।

-खबरदार जो मुझे बेटी कहा। चुपचाप दफा हो जाओ यहां से। मेरी कोई मां वां नहीं है।

-शेरनी की तरह दहाड़ते हुए वह बोली।

–अच्छा अब तू यहां अपने पिता की उम्र के बराबर आशिक के साथ रहेगी। देखता हूं कैसे रहेगी इसके साथ।

–अजीत अब अपने असली रूप में आ गया था।

–मैं यही रहूंगी और बसंत जी के साथ ही रहूंगी, जो करना है तुम्हें कर लेना।

सच कहूं तो उसकी धमकी से मैं मन ही मन भयभीत हो उठा और वैदेही से बोला, –मेरी खातिर तुम इतना बड़ा खतरा मोल ना लो अजीत आपराधिक छवि वाला आदमी है। तुम लड़की हो तुम्हारे सामने तुम्हारा भविष्य है। मेरा क्या है मैं तो कहीं भी रह लूंगा।

–बसंत जी क्या स्त्री पुरुष का रिश्ता सिर्फ जिस्मों का ही होता है। इंसानियत और दोस्ती का नहीं हो सकता? क्या वे दोनों एक साथ रहकर अपने सुख-दुख आपस में शेयर नहीं कर सकते?

–आशा भरी नजरों से ताकते हुए वह मुझसे बोली। उसके इस सवाल पर मैं निरुत्तर हो गया। लेकिन मेरा मौन मेरी हां बन गया। हम दोनों ने दिन रात दौड़-धूप करके वैदेही के दिवंगत पत्रकार पिता के अजीज मित्रों से सहयोग लेकर बाबा और अजीत के खिलाफ उनके गैरकानूनी कार्यो में लिप्त होने के ठोस सबूत जुटाकर पुलिस में रिपोर्ट दर्ज करवा दी। मुझे गवाह के रूप में पेश किया। हमारी तमाम कोशिशें और मेहनत रंग लाईं। बाबा और अजीत पर कानूनी शिकंजा कस गया वे दोनों जेल भी गए लेकिन पैसा, पहुंच और ताकत से बरी भी हो गए।

जेल से छूटने के बाद उन दोनों ने हमारा जीना हराम कर दिया। अजीत ने पास पड़ोस वालों को हमारे संबंधों को अनैतिक बताते हुए उन्हें भड़काना शुरू कर दिया इससे मैं वैदेही के भविष्य को लेकर भयभीत हो उठा लेकिन वह डरने की बजाय परिस्थितियों का डटकर मुकाबला करती थी। मुझे किसी भी प्रकार से ना डरने की कहते हुए हौसला देती उसकी हौसला अफजाई से मैं भी निर्भीक होकर परिस्थितियों से सामना करने लगा।

उसका प्रेम, उत्साह और भावात्मक सहयोग पाकर मैं अपना दुख भूल गया। उसकी प्रेरणा से मेरा खोया आत्मविश्वास भी लौट आया मैंने फिर से अपना ऑफिस जॉइन कर लिया।

वैदेही को मन से अपनी बेटी मान चुका था। अब मुझे उसके विवाह की चिंता होने लगी थी। जहां जहां उसके रिश्ते की बात चलाता अजीत वहां पहुंचकर लड़के वालों को घर तक जा भड़का आता। कुछ लड़के वाले आते भी तो वह हमें एक साथ अकेला रहते हुए देख कर अजीब सी नजरों से घूरने लगते और वापस चले जाते।

मैं खुद को वैदेही का अपराधी समझता लेकिन वह अपने ठोस तर्क देकर मुझे निर्दोष साबित कर देती। कुछ अधेड़, विधुर और गलत आदतों वाले लोगों ने खुद शादी के लिए हाथ बढ़ाया तो मैंने स्पष्ट मना कर दिया इस पर वे बेहयाई से हंसते हुए कहते, -भाई आप क्यों करना चाहेंगे उसकी शादी? आप तो हर रोज उससे शादी करके हर रात उसके साथ सुहागरात जो मनाते हैं। गुस्से और अपमान से तिलमिला उठता मैं तब और मेरा क्रोध वैदेही पर फट पड़ता, -जाने दो मुझे यहां से। अब और अधिक जिल्लत बर्दाश्त नहीं होती मुझसे। मेरी वजह से बिना वजह तुम्हारी जिंदगी बर्बाद हो रही है।

-बसंत जी, जो ऐसा गंदा कहते हैं और सोचते हैं उनका मन खुद ही पापी होता है।

एक बुजुर्ग की तरह सांत्वना देती हुई वह कहती।

एक दिन समाज के कुछ खुद को आदर्शवादी समझने वाले लोग आए और हमदर्दी भरे स्वर में बोले, -बसंत जी, हमें बड़ा दुख है कि वैदेही की शादी नहीं हो पा रही है इसलिए हम सभी ने यह सोचा है क्यों ना आप समाज के सामने विधिवत शादी करके पति पत्नी बन जाएं।

घायल शेरनी की तरह दहाड़ती हुई वैदेही बोली, -अभी और इसी वक्त निकल जाइए मेरे घर से। आप लोग होते कौन हैं जो इस तरह चले आए

बिन मांगे मुंह उठाए सलाह देने। बहुत बड़े समाज सुधारक हैं ना आप लोग तो पहले अपनी गंदी सोच और निम्न मानसिकता को सुधारें। तब समाज सुधारने का ठेका लें -सब के मुंह पर ताले पड़ गए। किसी की भी हिम्मत नहीं हुई उससे कुछ कहने की। चुपचाप सब उल्टे पांव लौट गए।

वैदेही के अदम्य साहस को देखकर मैं अभिभूत हो उठा।

वास्तव में उसका साहस काबिले तारीफ था। समाज से टकराने और पंगा लेने वाले नायक नायिका सिर्फ फिल्मों में ही देखे थे लेकिन यथार्थ में देखकर मेरा मन वैदेही के प्रति गोरांवित हो उठा। 5 वर्ष कब बीत गए पता ही नहीं चला। दिल्ली के एक कॉलेज में हिंदी प्रवक्ता के लिए वैदेही की नियुक्ति हो गई। उसने बहुत जिद करी मुझे अपने साथ दिल्ली चलने के लिए लेकिन मैं उसकी जिद के आगे नहीं झुका दिल्ली जाने के १ वर्ष बाद ही युद्ध में अपनी एक टांग गवा चुके रिटायर फौजी राघव के साथ वैदेही ने शादी कर ली।

हालांकि मैं संतुष्ट नहीं था इस शादी से। थोड़ा रंज था मन में।

मेरी दुविधा और असंतुष्टता को भांपते हुए वह बोली, -बसंत जी, राघव की विकलांगता पर तरस खाकर शादी नहीं करी है ना ही राघव ने मुझे मजबूर किया और ना ही हम दोनों के बीच कोई आकर्षण या प्रेम रहा जिसकी वजह से हमें विवाह करना पड़ा। राघव मेरे फ्लैट के ठीक सामने वाले फ्लैट में रहता था। उसकी जिंदादिली और दिलेरी से प्रभावित होकर मैंने उससे दोस्ती का हाथ बढ़ाया उसने भी गर्मजोशी से मेरी दोस्ती स्वीकार कर ली। हर रोज मुलाकात होने लगी। मुलाकातों के जरिए हमारे विचार, सोच, मानसिकता और दृष्टिकोण आपस में लगभग समान नजर आए। इस समानता को देखकर मैंने सोचा क्यों ना राघव को साथी से जीवन साथी बना लिया जाए। पहले तो उसने मना कर दिया लेकिन मेरे समझाने पर मान गया। हम दोनों चाहते थे कि तमाम आडंबरों और दिखावों से दूर हम सादा तरीके से शादी करें इसलिए हमने आपको भी नहीं बुलाया क्योंकि हम जानते थे कि आपका आशीर्वाद सदैव हमारे साथ ही है।

बसंत जी, शादी के वक्त हम दोनों ने आपस में एक दूसरे का हाथ थामते हुए यह प्रण लिया कि कभी भी हम एक दूसरे के प्रति विश्वासघात नहीं करेंगे हमेशा एक दूसरे की भावनाओं की सच्चे दिल से कद्र करेंगे जीवन पर्यंत सुख-दुख शेयर करेंगे। बसंत जी ऐसे हुए हमारे विवाह के वचन।

मैं बहुत खुश हुआ यह जानकर। राघव के साथ मेरे अगले जन्मदिन पर छह फीट लंबा, गोरा चिट्टा, सुंदर, सौम्य और आकर्षक नवयुवक बैसाखी थामे खड़ा था। उसके चेहरे पर एक अनोखी चमक और आंखों में भरपूर जीने की ललक थी।

-हैलो सर, आई एम राघव। -बहुत ही गर्मजोशी से हाथ मिलाते हुए वह बोला। उसके हाथों की मजबूती और ऊष्मा से ही मुझे अनुमान हो गया यह वह सिकंदर है जिसने दुनिया को जीत लिया है। वरना ऐसे इंसान जिंदगी से हार कर मौत की दुआ मांगते हैं।

दूसरे ही साल जूनियर राघव आ गया और पांचवे साल जूनियर वैदेही। उसका खुशहाल परिवार देखकर मैं दिल से खुश हो गया।

-हैप्पी बर्थडे बसंत जी -सामूहिक स्वर सुनकर मैं वर्तमान में आ गया। वैदेही अपने पूरे परिवार के साथ थी।

-बसंत जी आज आपके 60 वें जन्मदिन पर हम सभी आप को एक खूबसूरत सरप्राइज देना चाहते हैं -राघव और वैदेही ने एलान करते हुए कहा।

-आखिर माजरा क्या है? -मेरी तो कुछ समझ नहीं आ रहा। क्या सरप्राइज़ है मेरे लिए? प्लीज जल्दी बताओ -मैं जान बूझकर बच्चों की तरह मचल कर बोला।

-मिस कैथरीन प्लीज कम ऑन -कहते हुए वैदेही ने आवाज लगाई तो बाहर से लगभग 55-56 वर्षीय एक महिला आ गई जो बेहद खूबसूरत होने के साथ-साथ बहुत ही आकर्षक और स्मार्ट थी।

-इनसे मिलिए बसंत जी, यह है मिस कैथरीन। हमारे फ्लैट की

मालकिन मिस कैथरीन को अपने 55 वर्षीय जीवन में ऐसा कोई परफेक्ट मैन नहीं मिला जिसे वह अपना जीवन साथी बना लेतीं।

आप के विषय में जब इनको सब कुछ बताया तो आपके व्यक्तित्व, काबलियत और स्मार्टनेस से प्रभावित होकर यह उत्सुक हो उठीं और इस विश्वास के साथ दिल्ली से हमारे साथ यहां आईं। शायद इन्हें आप के रूप में वह परफेक्ट मैन मिल जाए जिसकी इन्हें मुद्दत से तलाश है। मेरा भी विश्वास है कि आप दोनों एक दूसरे को अच्छे से समझ सकते हैं। इसलिए एक दूसरे को समझने और जानने के लिए कुछ वक्त साथ बिताएं। जब आप दोनों को मन से महसूस होने लगे कि आप दोनों एक दूसरे को अच्छी तरह से जान और समझ चुके हैं और एक अच्छे जीवनसाथी बनकर उम्र भर साथ निभा सकते हैं तो प्लीज शादी जरूर कर लीजिएगा।

-पुरुष होकर भी लजा गया मैं।

-तुम यह क्या कह रही हो वैदेही? भला यह भी कोई उम्र है शादी करने की?

-शादी करने की कोई उम्र नहीं होती बसंत जी। जब जिससे मन मिले और हमें लगने लगे कि हम इसके साथ जिंदगी गुजार सकते हैं तभी शादी कर लेनी चाहिए। शादी का मतलब सिर्फ परिवार बढ़ाना या सामाजिक परंपरा का पालन करना भर नहीं होता बल्कि अपने मन को सुखी और संतुष्ट रखना भी होता है।

-मिस कैथरीन को छोड़कर वैदेही वापस दिल्ली चली गई। कुछ वक्त साथ रहने भर से ही हम दोनों को विश्वास हो गया कि हम दोनों अच्छे जीवनसाथी बनकर उम्र भर साथ निभा सकते हैं।

हम दोनों ने विवाह कर लिया इसकी खबर जब फोन पर वैदेही को दी तो खुशी से खनकते स्वर में बोली, -बसंत जी शादी बहुत-बहुत मुबारक हो। अपने जन्मदिन पर पार्टी देना ना भूलना।

कम उम्र की इतनी सुलझी, समझदार और विशाल हृदय की स्वामिनी है वैदेही। जिसने दुख में मुझे संभाला, टूट कर बिखरने से बचाया, सहारा

और अपनापन दिया, खोया आत्मविश्वास लौटाया और अब कैथरीन को मेरी जीवन साथी बनाकर मेरा जीवन ही संवार दिया। सोच कर मेरी आंखें नम हो गई और मन उसके प्रति श्रद्धावनत हो गया। कैथरीन कब मेरे पास आकर खड़ी हो गई मुझे पता ही नहीं चला। धीरे से मुस्कुरा कर बोली, -मेरे पतझड़ जैसे जीवन में कब बसंत बहार बनकर आया मुझे पता ही नहीं चला।

-उसकी आंखों में शरारत के भाव और होठों पर खेलती नटखट मुस्कान पर मैं मुग्ध हो उठा।

विजयानंद विजय

खुलती गाँठें

-पापा! पापा! देखो न! स्वीटी को क्या हो गया...? -चार वर्षीया बेटी घबराकर दौड़ती हुई उसके पास आई और हाथ पकड़कर उसे गार्डेन की ओर ले जाने लगी...गुड़हल के उस पेड़ के पास, जहाँ स्वीटी अक्सर रहा करती थी, अपने चारों बच्चों के साथ।

-पापा, देखो न, स्वीटी कैसे सो गयी है? उठ ही नहीं रही....।

-कहते हुए बेटी सुबकने लगी। उसने पास बैठकर धीरे से बिल्ली को सहलाया। मगर, आह...!

-ओ माई गॉड! ये तो....। -शब्द उसके मुँह में ही अटक गये। मगर, बेटी शायद समझ गयी।

-मम्मी..ई...ई......। -बेटी जोर से चिल्लाई और पापा से चिपट गई। बेटी का करुण-क्रंदन उसके अंतर्मन को भेद गया। रोते-रोते बेटी ने पूछा

-पापा, स्वीटी के बच्चे मम्मी के बिना अब कैसे रहेंगें? इनके तो पापा भी नहीं हैं।

-अनुभूति और दर्द से उपजे बेटी के इस सहज स्वाभाविक प्रश्न ने उसके वजूद तक को झकझोर दिया। लगा जैसे अंदर कुछ -छनाक- से टूटकर

बिखर गया हो। मगर, खुद को सँभालते हुए उसने कहा -नहीं बेटा। हम हैं न?

-और प्यार से बेटी को गोद में उठा लिया।

-हम हैं न! -कितनी आसानी से बेटी को कह दिया था उसने। मगर, उसे पता था कि वह झूठ बोल रहा है। श्वेता के मम्मी-पापा इसी शहर में रहते थे। ऑफिस से लौटते वक्त अक्सर वो उनके पास चली जाया करती थी। कभी-कभी तो वहीं रुक भी जाती थी। बस फोन पर उसे 'सॉरी' कह देती।

उस दिन बस इतना ही तो कहा था उसने श्वेता से, कि माँ-बाबूजी और अपनी बेटी के प्रति भी उसके कुछ दायित्व हैं। उसे इस बारे में भी सोचना चाहिए।

बस, इतनी-सी बात पर वह सबकुछ छोड़कर अपने मम्मी-पापा के पास चली गयी थी। कई बार उसने फोन किया, मगर श्वेता ने फोन रिसीव ही नहीं किया। ऑफिस के काम में वह भी इतना व्यस्त रहा कि फिर कभी कोशिश भी नहीं की उसने श्वेता से बात करने की?

मगर, इसमें गलती श्वेता की भी नहीं थी। उसका छोटा भाई राकेश जब अमेरिका जाकर बस गया, तो बूढ़े मम्मी-पापा की देखरेख करने वाला श्वेता के सिवा था भी कौन?

आखिर वह भी तो गाँव पर रह रहे अपने माँ-बाबूजी की देखभाल कर ही रहा है? अगर श्वेता अपने मम्मी-पापा की देखभाल कर रही है, तो इसमें गलत क्या है? गलती दरअसल उसी की है। उसे ही श्वेता से माफी माँग लेनी चाहिए......।

सोचते-सोचते बेटी को गोद में लेकर वह मुड़ा और उसकी पनीली आँखों में झाँकते हुए कहा -मम्मा को लाने चलें....?

-हाँ...पापा? -बेटी ने चहकते हुए कहा और पापा से लिपटकर उनके गाल पर एक मीठा-सा - पुच्चू

- दे दिया और मुस्कुरा उठी। उसकी मुस्कुराहट से एक पल में जैसे

सारा जहाँ मुस्कुरा उठा था।

उसकी कार अब श्वेता के घर की ओर जा रही थी। उसके मन पर पड़ा बोझ अब उतर चुका था।

शिवानी वर्मा

सरला का परपंच

सरला देवी अपने मोहल्ले की सबसे परपंचिन महिला है। किसी के भी दिमाग का दही बनाने में उनको महारत हासिल है। संस्कार-आस्था चैनल घर में पूरे दिन चलते रहते हैं। प्रवचन सुनने की शौकीन सरला देवी का व्यवहार, बिल्कुल उसके विपरीत है। लोग उन्हें मोहल्ले का सीसीटीवी कहते है। कौन कहाँ जा रहा है? कब जा रहा है? किसके घर में क्या बना? कौन लड़की किसके साथ नैन-मटक्का कर रही है?

कुछ भी सरला देवी की नज़र से बच नहीं सकता है। मोहल्ले में हँसते-खेलते लोगों के बीच झगड़ा करवाकर मजे लेना उनका सबसे प्रिय काम था। सरला देवी की इन्हीं हरकतों के कारण सब उनसे पीछा छुड़ाने लगें, फिर भी वो बिन बुलाये मेहमान की तरह अपनी उपस्थिति दर्ज करा देती। हद तो तब हो गयी जब इन्होंने एक ही घर में ब्याही दो बहनों के बीच जंग करा दी। पता नहीं क्या-क्या दोनों के कानों में घोला, जो दो बहने कभी एक दूसरे की बात नहीं काटती थीं वो अब नज़रें चुराने लगीं थी। अब जब ये बात उन बहनों की सास, जिनका नाम गुड्डन देवी था, को पता चली तो उन्होंने भी गाँठ बांध ली कि कुछ भी हो जाये सरला देवी और उनकी होने वाली बहु के बीच कुछ अच्छा नहीं होने देंगी।

लड़के की शादी का समय जैसे-जैसे करीब आता गया सरला देवी की लड़ाईयां भी थोड़ी कम होती गयीं क्योंकि शादी का सारा काम सरला देवी ने खुद संभाल रखा था। सरला देवी का एक ही बेटा है। संजय, जिसकी शादी है और एक बेटी है लाली, जिसकी शादी हो चुकी है।

सरला देवी चाहती थी कि उनकी बेटी महीना भर पहले आकर शादी की तैयारियों में उनकी मदद करे। लेकिन उनकी बेटी लाली ने आने से मना कर दिया, क्योकि सरला देवी कई बार अपने बेटी के कान भर-भर कर उसके घर में आग लगा चुकी थी। फिर बड़ी मुश्किलों से तो उस लड़की का घर सम्भला। अब एक ही इन्सान उस घर में बचा है वो है बेचारे मटरू चाचा। अपने नाम के अनुरूप मटर की तरह अपनी धर्मपत्नी सरला देवी की बातों पर इधर-उधर लुढ़कते रहते हैं और अगर न लुढ़के तो पके मटर की तरह मसल दिए जायें।

खैर... जैसे-तैसे करके संजय की शादी हो गई। नई बहु बरखा ने आकर घर संभाल लिया। बरखा एक संस्कारी लड़की थी और समझदार भी। वो अभी सरला देवी के रंग-ढंग से अनजान थी। अब जब बहु ने घर संभाल लिया तो सरला देवी फिर से मुहल्लेदारी में लग गयीं, पर मुहल्ले वाले अब सरला को इतना भाव न देते पर मौका लगते ही सरला देवी कहीं न कहीं अपना काम दिखा ही देती।

उधर गुड्डन देवी ने भी सरला का घर तोड़ने के लिए जाल बिछाना शुरू कर दिया था। उन्होंने अपनी दोनों बहुओं चंपा और पिंकी के बीच समझौता कराकर उन्हें इस काम में लगा दिया। अब दोनों बहुएं सरला चाची के घर जा-जा कर नई बहु का जायजा लेने लगी।

चंपा : अरे बरखा! हम ये क्या सुन रहे हैं, तुम घर में कुछ काम-काज नहीं करती हो....ज्यादा पढ़ी लिखी हो इसीलिए???

बरखा : आपसे किसने कह दिया कि हम कुछ नहीं करतें हैं....आप तो पहली बार हमारे घर आयी हैं।

चंपा : अरे....वो कल मेरे घर में पूजा थी न, वहीं पर गुप्ताइन काकी से सरला चाची बात कर रही थी, तभी सुना था...कि मेरी बहु तो कुछ करती ही नहीं है।

बरखा-अरे नहीं जीजी ऐसा नहीं है, अब नए घर में घुलने -मिलने में समय तो लगता ही है...

चंपा-और नहीं तो क्या..... और अगर तुम कुछ करती न होती तो ऐसे ही चाची जब देखो तब घर के बाहर ही रहती हैं।

तभी सरला चाची घर में दाखिल होती है। आँखे फैलाते हुए बोली-ये हम क्या देख रहे हैं.......चंपा बहु मेरे घर में.....चंपा घबराते हुए -अरे नहीं चाची, हम तो आप ही से मिलने आये थे पर...पर क्या...आज तक तो तुम कभी यहाँ नहीं आयी मेरा हाल-चाल लेने...सरला चाची ने कहा।

चंपा -आप नहीं थी तो बरखा से मिल लिए, अच्छा अब चलते है। सरला देवी को बड़ा ताजुब्ब हुआ कि जो औरत आजतक कभी उसकी चौखट तक नहीं आयी आज वो घर के भीतर बैठी है। अगले दिन गुड्डन देवी की छोटी बहु पिंकी चली आयी।

"अरे बरखा कैसी हो, चाची जी घर पर नहीं हैं क्या..."

बरखा -मम्मी जी तो अभी-अभी बाहर गयीं है, आईये बैठिये...

पिंकी -"बैठ तो जाएं पर ऐसा न हो कि चाची जी बवाल कर दें, उनको पसंद नहीं है कि उनके घर कोई आये-जाए और तुम्हें बुरा नहीं लगता जब देखो तब चाची दूसरों के घर आती-जाती रहती है।

-नहीं जीजी मुझे क्यों बुरा लगेगा-कहकर बरखा अपने गुस्से को दबा गयी। क्योंकि उसे भी अपनी सास का हर वक्त बाहर घूमने जाना नहीं पसंद था।

-लगता है काम-धाम में कोई मदद नहीं करती है चाची? कहीं घूमने नहीं गयी तुम शादी के बाद...... बस वही घर-गृहस्थी में फंसी हो।" बरखा की तरफ से कोई उत्तर न पाकर फिर से बोली "अच्छा अब जा रहे हैं फिर

किसी दिन आएंगे-अपना काम करके भागी पिंकी, कहीं ऐसा न हो जाये कि सरला चाची से सामना हो जाये।

सरला देवी और उनकी बहु के बीच अभी तक सब ठीक -ठाक चल रहा था। गुड्डन देवी की बहुएं मौका पाकर बरखा को सरला चाची के खिलाफ भर जाती और दूसरी तरफ गुड्डन देवी बरखा के खिलाफ सरला को भड़काती रहती।

-सुना है सरला तुम्हारी बहु मायके से ज्यादा कुछ लायी नहीं है। तुम्हारा तो एक ही लड़का है फिर भी उसके ससुराल वाले कुछ नहीं दिए, हमारे घर को तो देखो दोनो लड़कों में इतना मिला है कि रखने की जगह नहीं बची और जब देखो तब कुछ न कुछ भेजते ही रहते है।" अच्छे से कान भरे गुड्डन ने।

"अब क्या बताये जीजी इतनी गर्मी पड़ रही है, आजकल तो AC का चलन है मेरे लड़के को तो कूलर भी नहीं मिला। बेचारा संजय पंखे में ही सोता है।" उदास होते हुए बोली सरला।

"यही होता है ज्यादा पढ़ी लिखी बहु लाने का नतीजा" आँखे चमकाकर बोली गुड्डन।

हम्म... ये बात तो है। एक ही लड़का है मेरा, अब संजय को पसंद है तो हमने भी कुछ नहीं कहा। अभी देर कहाँ हुई है अब मांग लेंगे उसके ससुरालवालों से।" अकड़ते हुए सरला बोली।

अच्छा अब चलते है, कहते हुए जैसे ही सरला आगे बढ़ी तभी कुछ याद आते हुए गुड्डन सरला के कान में फुसफुसाई "सुना है तिवारी जी की मंझली लड़की दूधवाले के संग फसी है।"

"फसना तो दूर की बात है, वो दोनों तो कोर्ट मैरिज करने जा रहे थे....वो तो संजय वकालत कर रहा है उसी के जरिये पता चला। अब क्या बताएं आजकल की लड़कियों का न रंग है न रूप है, कोई न मिला तो दूधवाला ही सही।" कहकर जोर का ठहाका लगाया सरला ने। फिर आंखे

चमकाकर बोली–"हमको क्या.... कोई दूध वाले के साथ भागे या कबाड़ीवाले के साथ... हा हा हा ..."

अगले दिन गुड्डन देवी की बड़ी बहु फिर पहुँच गयी बरखा के कान भरने.." बड़ी गर्मी हो रही है, अब तो कूलर भी बेकार है, हवा का पता ही नहीं चलता कि किधर से आ रही है और किधर जा रही है।"

"हाँ जीजी इस बार बहुत गर्मी पड़ रही है" : बरखा ने हाँ में हाँ मिलते हुए कहा।

"अरे बरखा तुम क्यों चिंता करती हो, तुम्हारे यहाँ तो AC लगने वाली है। अब तो मजे में रातें कटेंगी तुम्हारी, कभी-कभी हमको भी बुला लेना AC की हवा खाने।" छेड़ते हुए हुए बोली चंपा।

"पर हमारे यहाँ तो AC नहीं है और न ही लगने की कोई बात हुई है" : बरखा ने आश्चर्य से पूछा

"तुम भी बरखा कैसी अंजान बनी रहती हो देवर जी थोड़े ही AC लगवाएंगे ...." हाथ मटकाते हुए चंपा बोली।

तो कौन लगवाएगा "आश्चर्यचकित होते हुए बरखा पूछ बैठी।

"वो तो तुम्हारे मायके से आयेगी। कल ही तो सरला चाची कह रही थी कि वो मांग लेंगी AC.... कुछ तो दिया नहीं तुम्हारे घर वालों ने।

अच्छा अब चलती हूँ बच्चे स्कूल से आते होंगे।" मन ही मन मुस्काते हुए निकल गयी चंपा।

अब तो बरखा का धैर्य जवाब दे गया। अभी तक वो अपने ससुर और पति के कारण चुप थी, क्योंकि यही दोनों उसको समझते थे। हर दिन बरखा कुछ न कुछ सुनती रहती, अब उसने अपनी सास से लड़ने के बजाय बात करने का फैसला कर ही लिया वो भी नए अंदाज में....

रात के खाने के वक्त .....माँ जी आजकल बहुत गर्मी हो रही है, पंखे में तो जैसे जान ही नहीं है। बेचारी ननद जी गर्मी में कैसे रहती होंगी... उपर से छोटा सा बच्चा भी परेशान करता होगा।"

"अब गर्मी तो सब जगह है, अबकी बार दामाद बाबू आएंगे तो कहेंगे उनसे कि AC लगवा लें, मेरी फूल जैसी बच्ची कुम्भला जाएगी।

अच्छा पैसा है अब तक तो लगवा लेना चाहिए।" सरला बोली।

"अरे माँ जी नंदोई जी क्यों AC लगवाएंगे आपकी बेटी है तो आप ही लगवाएं और वैसे भी शादी में आपने तो शायद कूलर भी नहीं दिया था.. ...बेचारे जीजाजी इतनी गर्मी में कैसे सोते होंगे।" बरखा सास को टटोलते हुए बोली।

इतना सुनते ही सरला भड़क गयी "हम क्यों दे AC। हमने तो अपनी बेटी उनको दे दी अब ये उनकी जिम्मेदारी है और वैसे भी उस घर में पैसे की कमी थोड़े ही है.....और तुम्हें क्यों इतनी चिंता हो रही है, तुम्हारे बाप ने भी तो कुछ नहीं दिया। क्या मेरा बेटा नहीं

सोता है इस गर्मी में......."

बिलकुल सही कहा आपने माँ जी...यही बात तो मैं भी कहना चाहती हूँ कि जब मैं इस घर की हो गयी तो फिर मेरे घरवालों से क्यों AC मांगने के बारे में सोचा जा रहा है।" यहाँ भी सब सक्षम है अगर इतनी ही गर्मी है तो खुद AC खरीदिये और लगवाइए। बाहर जाकर आप मेरे और मेरे घरवालों के बारे में ऐसा-वैसा क्यों कहती है।"

"देखो बेटा कैसे तेरी बीवी मुझसे लड़ रही है ...." झुंझलाकर सरला ने कहा।

"माँ जी मै लड़ नहीं रही हूँ बस इतना कह रही हूँ कि जो काम आप नहीं कर सकतीं, उस काम की उम्मीद आप दूसरों से क्यों करती हैं।" कहकर बरखा वापस किचेन में चली गयी।

संजय : ये सब छोड़िये और ये बताईये क्या आपने किसी से ये कहा है कि तिवारी जी की लड़की कोर्टमैरिज करने जा रही है ..."

"वो बेटा मैं ...."

"आज तिवारी जी कचहरी आये थे, बहुत गुस्से में थे कह रहे थे कि अपनी माँ को समझा लो, दूसरों के घर में बहुत आग लगाती फिरती है, कहीं ऐसा न हो की तुम्हारा घर ही जल जाये....आप ये सब हरकते कब छोड़ेंगी। सबके सामने मैंने कितनी शर्मिंदगी महसूस की और मैंने ये बात कब कही आपसे ..."

"मैंने कुछ नहीं कहा वो तो गुड्डन बोली थी ..."

"बस माँ अब बहुत हो गया, अब आप अपना घर देखिये। इसी सब चक्कर में लाली नहीं आती है यहाँ।" और दूसरी तरफ मटरू चाचा मुस्कुराते हुए ये सोच कर बाहर निकल गए कि शायद अब उनके दिन ठीक हो जायें...

सरला देवी ने सोचा नहीं था कि उनका बेटा और बहु उनके खिलाफ कुछ बोलेंगे। एक दो दिन सरला देवी मुंह फुलाए बैठी रही, फिर सोचा की चलो गुड्डन के घर जाकर कुछ हाल-चाल ले आये जैसे ही वो घर से निकली पीछे से उनकी बहु बरखा भी चलने को तैयार हो गयी, सरला मना नहीं कर पाई। अभी वो घर के दरवाजे पर पहुँची ही थी कि अंदर से गुड्डन और उनकी दोनों बहुओं की आवाज़ सुनाई दी.....

"देखो माँ जी कैसी आग लगायी कि सरला चाची दो दिन से नज़र नहीं आयी, लगता है घर में खूब झगड़ा हुआ है।" बड़ी बहु चंपा की आवाज़ सुनाई दी।

"बहुत लड़ाई कराती है सबकी... अब खुद का घर टूटेगा तब समझ आयेगा। एक ही लड़का है ज्यादा खटर-पटर की तो निकाल बाहर कर देगा।" इस बार गुड्डन बोली..... फिर तीनों ठहाके मार कर हंस पड़ी.. ये सब सुनते ही सरला देवी का मुंह धुआं हो गया। अब बहु के सामने तो कुछ कह न पाई, पर एक बात समझ गयी कि अगर सच में ज्यादा इधर-उधर बातें की तो अपने ही घर के दरवाजे बंद हो जायेंगे। पर ये इन्सान का स्वभाव है अगर इतनी ही जल्दी बदल जाये तो कभी कोई मन-मुटाव न होने पाए। सरला की हरकते चालू रहीं बस फर्क इतना आया

कि लोग उनको भाव न देते और घर पर भी उनका प्रभाव कम होने लगा। बेटे-बहु ने उनको समझाने की बहुत कोशिश की पर सफल न हुए और उन लोगों ने सरला को उनके हाल पर छोड़ दिया। अब लगभग हर दिन वो घर में ही कुछ न कुछ बवाल करती रहती है और बहार वाले बड़े मजे से उनके घर का नज़ारा देखते।

समय गुजरता चला गया....घर में नए मेहमान के आने की सूचना ने बरखा के मन में एक उम्मीद जगा दी कि शायद माँ जी का स्वभाव कुछ दल जाये, पर सरला देवी के व्यवहार के कारण बरखा मानसिक रूप से बीमार हो गयी। तभी शांत से रहने वाले मटरू चाचा ने बहु को उसके मायके भेजने का निर्णय लिया। थोड़ा वक्त और गुजरने पर संजय को भी वहीं भेज दिया। अब घर में दो ही प्राणी बचे थे -सरला चाची और मटरू चाचा। उध ार बरखा ने एक प्यारी सी बेटी को जन्म दिया, पर सरला अपनी नाराजगी के कारण उनसे मिलने न गयी। दो महीने बीत गए अब सरला देवी थोड़ी परेशान रहने लगी और बीमार भी। एक दिन मौका पाकर मटरू चाचा ने सरला चाची को समझाने का प्रयास किया, क्योंकि अब सरला का प्रभाव न घर में था और न ही बाहर। लोग उन्हें मात्र हंसी का पात्र समझने लगे थे।

मटरू चाचा : "सरला अब तुम क्या चाहती हो, बाहर वाले तो हम पर थू-थू कर ही रहे हैं, घर में भी बेटा और बहु परेशान होकर चले गए। बेटी पहले से ही ससुराल से नहीं आती है, उसका घर तोड़ने में तुमने कोई कसर नहीं छोड़ी है... फिर भी उन लोगों ने उसे अपनाया। अब तुम वही काम अपने घर में कर रही हो, बरखा जैसी बहु कहाँ मिलेगी, जिसने तुम्हें इतना बर्दाश्त किया और तुम अपनी आदतों से बाज न आई। अगर हमारे बच्चे हमेशा के लिए दूर हो गए तो हमें इस उम्र में कौन सहारा देगा।" आज पहली बार सरला ने मटरू चाचा की कोई बात सुनी। शायद उन्हें अपनी गलतियों का अहसास हो चुका था।

"शायद तुम ठीक कह रहे हो लाली के पापा" कहकर चुपचाप शून्य में निहारने लगी सरला चाची।

मटरू चाचा "अब हमारे घर नन्हा मेहमान आ गया है। तुम दादी बन गयी हो और हम चाहते हैं नन्हा मेहमान एक सुंदर सुखद माहौल में पले-बढ़े न कि एक झगड़ालू परिवेश में।" कह कर मटरू चाचा उन्हें कमरे में अकेला छोड़ कर चले गए।

अगले दिन मटरू चाचा ने अपने बेटे को फ़ोन किया ....हेलो संजय बेटा, शायद तुम्हारी माँ को अपनी गलतियों का अहसास हो गया है। बहुत शांत हो गयी है वो, पर शर्मिंदगी के कारण कुछ कह नहीं पा रही है।"

संजय-"ठीक है पापा, बस हम यही चाहते थे कि वो अपने में थोड़ा सा सुधार ले आयें बाकि तो हम सब हैं ही सँभालने के लिए। बहुत जल्दी हम घर वापस आ जायेंगे।"

"लाली के पापा सुनो.." तभी पीछे से आवाज़ आयी।

"क्या हुआ...."

"गाड़ी मंगवा लो हम आज अपनी बहु को लेने जायेंगे"

"तुम क्यों परेशान होती हो...वो लोग जल्दी आ जायेंगे"

"नहीं मैं खुद जाउंगी अपनी गलतियों का पश्चाताप करने। मुझे अहसास है कि मैंने क्या खो दिया पर अब जो मिल सकता है उसे मैं खोना नहीं चाहती" नम आँखों और हलके मन से वो बहु और बेटे को विदा कराने चल पड़ती है।

प्रवीण चतुर्वेदी

अबला नहीं सबला है नारी

माँ बताओ न आप क्या सोच रही हो, आपको पहले कभी तो इतना सोचते हुये नहीं देखा मैंने आज ऐसा क्या हुआ जो आपके माथे पर चिंता की लकीरें उभर आई हैं।

गुड़िया ने स्कूल से वापस आकर माँ को चिंतामग्न देखकर एक ही सांस में यह सब कह दिया था। गुड़िया के इस सवाल से उसकी माँ जानकी भी अवाक रह गई और वह बस इतना ही कह पाई कि कुछ नहीं गुड़िया बस थोड़ी थकान ज्यादा हो गई थी आज, तभी तुमको ऐसा लग रहा होगा।

गुड़िया के बालमन ने माँ की बातों को सही जाना और उसने अपनी माँ को गले लगाते हुये कहा कि मैं भी अब आपके काम में हाथ बटाया करूंगी जिससे आप पर काम का बोझ नहीं होगा। गुड़िया की इस बात पर उसकी माँ ने कहा कि तुम अभी बस पढ़ाई में ध्यान दो काम मैं देख लूंगी।

माँ-बेटी की इस वार्तालाप के बाद गुड़िया पढ़ाई करने में लग गई पर इसकी माँ वहीं बैठे-बैठे भूतकाल में चली गई और पुरानी बातों को याद करने लगी।

जानकी एक गरीब परिवार की इकलौती संतान थी और उसके जन्म के

कुछ सालों बाद ही उसकी माँ का देहांत हो गया था। इससे अब वह और उसके पिता दो लोग ही घर में रह गये थे। उसके पिता को शराब पीने की बुरी आदत पड़ गई थी और इसी लत ने एक दिन उसकी भी जान ले ली। तब तक जानकी 18 बरस की हो गई थी और माँ के बाद पिता की भी मौत हो जाने के कारण वह अपने मामा के यहां रहने लगी और उन्ही लोगों ने कुछ दिनों बाद उसका विवाह एक स्वजातीय लड़के के साथ कर दिया। अब इसे जानकी का दुर्भाग्य ही कहेंगे कि उसका पति भी उसके पिता की तरह ही शराबी निकला और इस वजह से उनका वैवाहिक जीवन काफी प्रभावित हुआ। शादी के दो साल बाद ही उसका पति भी अत्यधिक शराब के सेवन की वजह से दुनिया में नहीं रहा। उस समय जानकी गर्भवती थी और बाद में उसने एक लड़की को जन्म दिया।

अपने बेटे की मृत्य और लड़की पैदा होने के बाद जानकी के ससुराल वालों ने उसे प्रताड़ित करना शुरू कर दिया और अंततः एक दिन उन्होंने जानकी और उसकी बेटी को घर से निकाल दिया। इस अप्रत्याशित संकट के बाद जानकी लगभग टूट सी गई और उसने आत्महत्या करने की ठान ली पर जब उसने अपनी मासूम बेटी के बारे में सोचा तो उसने अपना इरादा बदल दिया और अब उसने अपनी बेटी के साथ नया जीवन शुरू करने का निश्चय कर गांव छोड़कर पास के शहर को अपना नया ठिकाना बना लिया। यहां जानकी रोज मजदूरी कर अपना और गुड़िया का पालन-पोषण करने लगी। हालांकि यहां भी उसे काफी परेशानियों का सामना करना पड़ा क्योंकि एक महिला को अकेले देख समाज के सफेदपोश भूखे भेड़िये किस हद तक गिर जाते हैं यह किसी से छिपा नहीं है परंतु इन सब झंझटों को झेलते हुये भी जानकी ने न केवल गुड़िया की अच्छी परवरिश की बल्कि उसका दाखिला भी एक अच्छे स्कूल में करा दिया।

जानकी लोगों के घरों में घरेलू काम करते हुए दोनों का पेट भरने लगी। समय के साथ ही गुड़िया अब बड़ी होने लगी थी और यही अब जानकी के लिए चिंता का सबसे बड़ा कारण बन गया था क्योंकि अब तक

उसने तो जैसे-तैसे करके अपने आपको और गुड़िया को भी लोगों की बुरी नज़र से बचा लिया था पर आखिर वह कब तक गुड़िया की रक्षा कर सकेगी और कहीं वह भी उसकी तरह किसी शराबी के चंगुल में फंस गई तो उसका जीवन भी बर्बाद हो जायेगा। जानकी इसी बात की चिंता में मग्न थी कि गुड़िया स्कूल से वापस आ गई और उसने यह भांप लिया कि माँ किसी सोच में डूबी है और उसने माँ से उसका कारण जानना चाहा। हालांकि जानकी ने उसे थकान का बहाना बनाकर असली बात छिपा ली थी पर वह अंदर ही अंदर इसी बात को लेकर चिंतित जरूर रहने लगी थी पर जानकी ने अभी हार नहीं मानी थी और इसी तरह मेहनत-मजदूरी करते हुए दोनों माँ-बेटी जीवन यापन करने लगीं। कुछ दिनों के बाद गुड़िया ने इंटर पास कर लिया। गुड़िया ने अब घर में ही छोटे बच्चों को ट्यूशन देना भी शुरू कर दिया था और साथ ही कालेज में दाखिला भी ले लिया। इसी दौरान उनके जीवन में तब एक नया मोड़ आ गया जब उसके यहां पढ़ने आने वाले एक बच्चे के दादा जी ने उसे अपने छोटे बेटे के लिये पसन्द कर लिया और उन्होंने जानकी से इस बारे में बात की। जानकी को तो पहले विश्वास ही नहीं हुआ कि उसकी बेटी के लिए इतने बड़े घर से रिश्ता आया है। उसने जब यह बात गुड़िया को बताई तो उसने माँ से कहा कि मेरा जीवन तो आपकी ही देन है माँ तो आपका हर फैसला मुझे मंजूर है। इस तरह गुड़िया का विवाह राकेश नाम के युवक से हो गया और दोनों मजे से जीवन यापन करने लगे।

गुड़िया के ससुराल वालों ने न केवल उसे स्नातकोत्तर तक पढ़ाया बल्कि उसकी माँ का भी ख्याल रखते हुए उन्हें घर में ही टिफिन सेंटर चलाने हेतु सहयोग प्रदान किया जिससे अब जानकी को दूसरों के यहां काम करने की जरूरत नहीं पड़ती थी। इस तरह जानकी ने अपनी दृढ़ इच्छाशक्ति और मेहनत के बल पर यह साबित कर दिया कि कोई महिला अगर कुछ करने की ठान ले तो हर गतिरोध के बावजूद वह सफल जरूर हो सकती है। नारी को दिये गये अबला के खिताब से मुक्त होने का मूलमंत्र देकर जानकी दूसरी महिलाओं के लिये आदर्श बन गई।

विवेक कुमार पाठक

पगली

पगली आई, पगली आई...... मारो, भगाओ..... हर तरफ़ यहीं शोरगुल मचारहे थे बच्चे। शोरगुल सुनकर पगली हैरान परेशान सी हो गई। हाँफते-हाँफते भागती हुई एक पीपल के पेड़ के नीचे जा बैठी। पगली को देखने के लिए जन-सैलाब उमड़ पड़ा। कुछ बच्चे पगली पर कंकड़ फेंकते तो कुछ -हे पगली, हे पगली- कह कर पुकारते थे। इससे पगली उद्विग्न हो जाती और जो कुछ ईंटपत्थर पाती, उसे भीड़ पर फेंक देती। जब भीड़ कुछ दूर भागती तो फिर पीपल के पेड़ के पास आकर बैठ जाती थी। बलरामपुर गाँव के लोग पगली को देखने आते और उसके रूप-लावण्य की प्रशंसा और भाग्य को कोसते वापस चले जाते थे। पगली वास्तव में बहुत सुंदर थी। उम्र लगभग अट्ठारह साल। गौर गात, बड़ी-बड़ी हिरनी जैसी आँखें, पतली भौंहें, गुलाबी होंठ तथा घुंगराले काले बाल हर किसी को आकृष्ट कर लेते थे। वाकई पगली को भगवान ने भी फुर्सत से गढ़ा था। चेहरे से कुलीन लगती थी। जिस प्रकार स्वर्ण कीचड़ में लिपटे होने पर भी अपनी चमक नहीं खोता है, उसी प्रकार पगली थी। फटे -चिथड़े कपड़े में धूल से सनी उसकी आभा धूमिल, लेकिन बरकरार थी।

पगली शांत चित्त मुद्रा में पीपल के पेड़ के पास बैठी रहती। पेड़ के

नीचे शंकर भगवान का छोटा सा मंदिर। बहुत दिनों से पूजा भी नहीं हुई थी। सामने कच्चे मकान का अवशेष। मंदिर के सामने जामुन का पेड़ और एक छोटा सा तालाब। तालाब के किनारे कनेर का पेड़। पगली प्रतिदिन भोर में उठकर तालाब में स्नान करती और कनेर के पुष्प लाकर मूर्तियों पर चढ़ाती थी। बाल झटकती, कुछ बुदबुदाते हुए पीपल वृक्ष की परिक्रमा उसूर्योदय तक करती। पगली दिन-रात पीपल के पेड़ के पास ही रहती थी। गाँव की औरतें कुछ न कुछ पगली को खाने के लिए दे जाती थीं। वह कुछ खाती और कुछ फेंक देती। कुछ दिन बाद एक मरतंग कुत्ता भी उसके साथ रहने लगा। पगली बचे भोजन को उसे सहला-सहला कर खिलाती। कुत्ता खूब मोटा हो गया और हमेशा पगली के साथ रहने लगा। पगली कभी उसे चूमती तो कभी गले लगाती। रात में सोते वक्त अपने पास लेटाती। पगली पागल लेकिन जवान थी। उसका गौर वर्ण, छरहरी बदन, बिखरे बाल हर किसी को आकर्षित कर लेते थे। दूर से ही लोग उसे देखते और भाग्य को कोसते चले जाते थे।

क्षेत्र में हर तरफ़ शोरगुल मचा था कि बलरामपुर गाँव में एक तरुणी आई है, जो पागल है। लोग पगली से पूछते थे,

-कहाँ से आई हो?-

-क्या नाम है?-

-तुम्हारे पिता का क्या नाम है?-

लेकिन पगली हर प्रश्न का उत्तर देती-छुक, छुक...... पू, पू..... -लोग परेशान हो जाते लेकिन वह हर बार यही जवाब देती। धीरे-धीरे पगली को गाँव में आये एक मास हो गया। उसके शांत चित्त स्वभाव से गाँव वालों को लगाव हो गया। वह भी गाँव वालों से घुल -मिल गई। अब उसे कोई परेशान नहीं करता था। वह धीरे-धीरे गाँव वालों के दरवाजों पर जाने लगी। जो कुछ रसोई में बना रहता, लोग उसके टूटे-फूटे जस्ते की थाली में डाल देते थे। वह कुछ खाती, कुछ कुत्ते को खिलाती और कुछ फेंकती और अचानक उठ कर चल देती। दिनभर पगली इसी प्रकार पूरे गाँव में घूमा

करती थी। दिन ढलते ही, वह फिर उसी सुनसान पीपल के पेड़ के नीचे पहुँच जाती थी।

पगली कभी -कभी रात में बड़ी जोर-जोर से चिल्लाती थी।

उसकी चीख-पुकार सुनकर कुत्ता भी जोर-जोर से भौंकता था। उसकी चीख -पुकार और कुत्ते का भौंकना कई दिनों तक होता रहा। इससे गाँव वालों की निद्रा में खलल पड़ता था। गाँव वालों को यह बर्दाश्त नहीं था। गाँव वाले मध्य रात्रि में उसके चिल्लाने की वजहों पर विभिन्न कयास लगाते। कोई जंगली जानवर तो कोई पागलपन को कारण मानता।

एक दिन पगली मध्य रात्रि में भयानक चीखना -चिल्लाना शुरू किया। गाँव वालों की निद्रा टूट गई। इतनी भयानक चीख़ -पुकार से हर कोई जग गया। गाँव के कुछ लोग लाठी -डंडा लेकर चल दिये। पीपल के पास टॉर्च जलायी, वह शांत हो गई। फिर दहाड़ मार कर चिल्लाने लगी। पगली कुछ इशारा कर रही थी। बुदबुदा रही थी। भाषा समझ के परे थी। निद्रा टूटी थी। क्रोध सातवें आसमान पर था। पहले कुत्ते को दो-चार लाठी, फ़िर पगली को धमकियाते चले गए।

गाँव वाले पगली से परेशान हो गए थे। सब उसे गाँव से भगाना चाहते थे। बच्चों द्वारा कंकड़ फेंकने, तंग करने से उपद्रवी हो गई थी। उसे देखते ही गाँव वाले भागने लगते थे। वह पूरे दिन गाँव में इधर-उधर चक्कर लगाती और दिन ढलते ही पीपल के नीचे पहुँच जाती थी।

एक दिन अचानक गाँव में आरोप प्रत्यारोप का बाज़ार गर्म था। पगली के गर्भवती होने की चर्चा। पूरा गाँव स्तब्ध था। हर तरफ़ यही प्रश्न-

-पगली के पेट में किसका बच्चा है? -

-पगली बेचारी के साथ ऐसा किसने किया? -

-आखिर पगली बेचारी का क्या दोष? -

शक की सूई हर तरफ़ घूम रही थी। हर जवान व्यक्ति शक के घेरे में

था। अमानवीय ेत्य करने वाले को लोग भला -बुरा कह रहे थे। इस घटना को लेकर आस-पास के क्षेत्रों में बलरामपुर गाँव की कड़ी निंदा हो रही थी। लोगो ने बाज़ार तक जाना बंद कर दिया।

लोग किसी तरह से पगली को भगाना चाहते थे। उसका बच्चा इसगाँव में नहीं पैदा होने देना चाहते थे। न तो लोग पगली के पास जाना चाहते थे और न ही वह किसी के घर जाना चाहती थी। गाँव में भी मातम जैसा सन्नाटा पसरा था। दिन-रात पीपल के नीचे अपने कुत्ते के साथ पड़ी रहती थी। पगली का चिल्लाना बंद हो गया। दर्द से कराहती भूमि पर पड़ी रहती। गाँव की महिलाएं दर्द समझती थी। चुपचाप रात के अंधेरे में आतीं और कुछ खाने के लिए दे जाती थी।

एक दिन गाँव वालों ने पगली को एक सुंदर नवजात के साथ देखा। लेकिन अफ़सोस कन्या मृत थी। गाँव की महिलाएं पगली की मदद के लिए आगे आईं। लेकिन वह अपने पास किसी को आने न दी। लोगों पर ईंट - पत्थर से वार करती। बच्ची को छीनकर लोग गाड़ना चाहते थे। लोग प्रयास करते लेकिन पगली के आतंक के सामने सब विफल। कभी मृत बच्ची को गले लगाती तो कभी चूमती। कभी फटे चिथड़े कपड़े से ढक देती। अंततः गाँव वालों ने जबरन बच्ची को छीन लिया। लेकिन वह दहाड़ मारते उनका पीछा आँखों से ओझल होने तक की।

पगली अशांत हो गई थी। दिन रात चिल्लाती थी। लोगों को देखते ही दहाड़ मारती। एक दिन पगली को पीपल के पास न देखकर लोग हैरान हो गए। पीपल के पास सिर्फ़ फटे चिथड़े कपड़े पड़े थे।

बलरामपुर से सटा हुआ रामपुर गाँव था। दोनों गाँवों की सीमा के बीच छोटी सी नदी। नदी पर लकड़ी का पुल। लकड़ी के पुल के पास रामपुर निवासी धोनू सेठ की दुकान। दोनों गांवों के लोगों का धोनू सेठ की दुकान पर जमावड़ा होता था। एक दिन बात-बात में पगली पर बहस छिड़ गई। बलरामपुर पर आरोप पर आरोप लग रहे थे। कोई पशु तो कोई राक्षस कह रहा था। पगली के प्रति हमदर्दी जतायी जा रही थी। अब तक के आरोप

कुछ हद तक ठीक था।

बलरामपुर वाले सह लिए लेकिन जैसे ही एक आदमी ने कहा-बलरामपुर गाँव वालों का हुक्का -पानी बंद।-आग में घी का काम किया। मारपीट की नौबत आ गई। किसी तरह धोनू सेठ ने शांत कराया।

एक दिन अचानक पगली रामपुर गाँव में नदी के किनारे दिखी। लोग पगली को देखने के लिए उमड़ पड़े। भीड़ देखते ही वह भागने लगी। अब उसे इंसानों की परछाई से भी नफ़रत हो गई थी। भागते -भागते वह नदी के किनारे स्थित जर्जर कोठी में घुस गई। कोठी में घुसते ही गाँव वाले उलटे पाँव भागने लगे। हर तरफ़ यही शोरगुल -हाय राम! अब क्या होगा? भगवान गाँव की रक्षा करो। जर्जर कोठी भूत कोठी के नाम से विख्यात थी। कभी इस कोठी में ठाकुर बृजेन्द्र प्रताप का दरबार लगता था। इसी कोठी में आज्ञा की अवहेलना में पांच ब्राह्मणों को जिंदा जला दिया था। तभी से विनाश शुरू हो गया था। सब कुछ तहस -नहस हो गया। पांच पुत्रों में सिर्फ़ एक पुत्र अजेंद्र प्रताप बचे थे। ज्योतिषियों की सलाह पर वे भी मुंबई रहने लगे। गाँव वाले भूत कोठी के आस-पास दिन में भी नहीं दिखते थे। कोठी में प्रवेश को अपशकुन मानते थे।

कोठी में इंसानों का प्रवेश वर्जित था। प्रवेश से गाँव में लोगों की असामयिक मृत्यु हो जाती थी। कई दिन बीत जाने पर गाँव में पंचायत बुलाई गई। सभी चिंतित मुद्रा में बैठे थे। एक बुजुर्ग व्यक्ति बोला-सरपंच जी! पगली को कोठी में घुसे कई दिन हो गए। अब तक कुछ अनहोनी न हुई। मेरी राय है कि ठाकुर अजेंद्र को इसकी सूचना दे देनी चाहिए। -सभी ने एक स्वर से बुजुर्ग व्यक्ति के विचारों का समर्थन किया। सरपंच ने भी एक पत्र के माध्यम से सूचना भेज दी।

ठाकुर अजेंद्र भी पत्र पढ़कर आश्चर्यचकित रह गए। पुरानी यादें चलचित्र की भाँति मानस पटल पर उभरने लगीं।अचानक नौकरानी ने दरवाजा खटखटाया। ध्यान मुद्रा टूटी। आँखों से झर-झर आँसू गिर रहे थे।

अपने को संभालते हुए-तनु कल से मत आना। मुझे अभी इसी वक्त

गाँव जाना है। नौकरानी चली गई। कुछ ज़रूरी सामान ले अजेंद्र प्रताप भी अपनी राजशाही जीप से चल दिये।

तीन दिन बाद गाँव पहुँचे। मध्याह्न की चिलचिलाती धूप। नदी का किनारा। नदी पार करते ही कोठी की तरफ़ ध्यान गया। पास पहुँचते ही वट वृक्ष के नीचे जीप रोक दी। कोठी पर पीपल, बरगद तथा अन्य जंगली घास। कीड़े-मकोड़ों की -सांय, सांय-की आवाज़। अजेंद्र एक टक कोठी को निहारते रहे। इसी कोठी में माँ, पिता, भाई, पत्नी सब को मरते देखा था। सब कुछ बर्बाद होते देखा। भगोड़ेपन से ऊब चुके थे।

अचानक कोठी में घुस गए। स्तब्ध रह गए। बाल बिखराये पगली एक टक घूर रही थी। कदम सहम कर रुक गए। पगली को ध्यान से देखा। पगली मुस्कुरायी फिर जोर से हँसी। भागकर शर्मीली मुद्रा में दीवार के पीछे खड़ी हो गई। अजेंद्र प्रताप आगे बढ़े। पगली के नज़दीक जाकर रुक गए। धीमे स्वर में पूछा-नाम क्या है?

पगली अचानक बाल झटक कर बोली-तेरा नाम क्या है?

-अजेंद्र प्रताप

अजेंद्र -आपका

-पगली, हीं, हीं ,हीं,

अचानक ईंट, पत्थर फेंकने लगी। अजेंद्र प्रताप डर गए। जब तक सतर्क होते एक पत्थर सिर पर लगा। हाथ से चोट को दबाये बाहर की ओर भागे। रूमाल से बह रहे रक्त को पोंछा। जीप में सवार हो गाँव की ओर चल दिये। ठाकुर अजेंद्र का वर्षों बाद गाँव में आगमन। लोगों के हाथों में माला। हाथ जोड़े खड़े लोग। कतारबद्ध सभी इंतज़ार की मुद्रा में। अजेंद्र के आते ही जय जय कार होने लगी। फूल माला से लद गए। तख्त पर मखमली चादर बिछ गई। पैर धुले जाने लगे। कोई पंखा चलाने लगा। राजशाही खत्म थी। फिर भी नाम मात्र राजा के प्रति अगाध श्रद्धा थी। रात्रि विश्राम सरपंच जी के यहाँ किया। रात भर पगली का ही स्वप्न आता रहा। दुल्हन के रूप

में सजी पगली अजेंद्र प्रताप का कोठी में इंतज़ार कर रही हो। भोर में नींद खुल गई। सरपंच को स्वप्न के बारे में बताया और पगली के इलाज की इच्छा जतायी। सरपंच जी तैयार हो गए। सभी लोग कोठी पर गए। पगली शांत चित्त बैठी थी। दांतों से पत्ते कुतर रही थी। अजेंद्र प्रताप चुपचाप उसके पीछे पहुँच गए। पगली को पकड़ लिया। हाथ -पैर मारने लगी। चिल्लाने लगी। लेकिन तब तक और लोग आ गए। सब पकड़ कर जीप में बैठ गए। पगली चिल्लाती रही लेकिन किसी ने छोड़ा नहीं। अस्पताल में भर्ती कर दी गई। इलाज़ शुरू हो गया। अजेंद्र प्रताप और गाँव के अन्य लोग देखभाल करते रहे। छः महीने बाद पगली को अस्पताल से छोड़ दिया गया।

कोठी पर उगे घास फूंस साफ हो गए। रंगाई-पुताई हो गई। कोठी नई नवेली दुल्हन की तरह फिर से सज गई। अपने खास मेहमान के इंतज़ार में। गाँव वाले हाथों में फूल लिए खड़े। हर किसी को पगली का इंतज़ार। गाड़ी मोटर की आवाज़। हर किसी की निग़ाहें ठिठक गई। काली अंबेसदर से उतरती पगली को देखकर। नीली साड़ी। खुले बाल, जो लहलहा रहे थे। गालों का आलिंगन कर रहे थे। कानों में नीले कुंडल। हाथ में नीले पट्टे वाली काली घड़ी। गले में मोती की माला। होंठों पर सुर्ख गुलाबी लिपस्टिक। मानों पूर्णिमा का चाँद। सुंदरता देखकर हर किसी के मुख से प्रस्फुटित हो उठा-वाह! अद्भुत! -लोग पुष्प वर्षा करने लगे। अजेंद्र प्रताप का बायां हाथ पगली को सहारा देते हुए और दाएं हाथ से अभिवादन करते हुए आगे बढ़ रहे थे। पगली को लेकर अंदर चले गए। बस भीड़ से एक ही आवाज़ निकली-अच्छी जोड़ी- कुछ देर बाद। अजेंद्र प्रताप बाहर निकले। अजेंद्र बाबू के जयकारे लगने लगे। अजेंद्र प्रताप शांत होने का इशारा करते हुए -प्यारे ग्रामवासियों! आज आप सब के आशीर्वाद, स्नेह से आज पगली पूर्णतया स्वस्थ है। पगली के स्पर्श मात्र से यह शापित कोठी, फिर से गुलज़ार हो गई है। मैं नहीं जानता पगली कहाँ से आई है? क्या जाति है? क्या धर्म है? लेकिन पगली मेरे साथ रहना चाहती है। मैं नहीं चाहता उस पर कोई कलंक लगे। हमने विवाह के पवित्र बंधन में बंधने का निश्चय किया है।

-ऐसी घोषणा कर अंदर चले गए। कुछ में खुशी तो कुछ में मायूसी छा गई। हर तरफ़ क्रिया-प्रतिक्रिया होने लगी। ठाकुर बिरादारी अजेंद्र प्रताप पर दबाव बनाने लगा। अजेंद्र प्रताप अडिग रहे। एक दिन कोठी पर रणेंद्र प्रताप आए। जो अजेंद्र के पिता के मित्र थे। अपने पिता के मित्र को देख कर भावुक हो गए। चरणों पर गिर पड़े। अपने पिता के मित्र को आदर से बैठाया। रणेंद्र प्रताप लंबी साँस खींचते हुए-ये मैं क्या सुन रहा हूँ।

अजेंद्र-क्या सुन रहे हैं?

रणेंद्र-नादान मत बनो। कुल की प्रतिष्ठा का ध्यान है कि नहीं। तुम्हारे पिता मिट गए, लेकिन स्वाभिमान से कभी समझौता न किए। लेकिन आज उसी प्रतिष्ठा को मिट्टी में मिलाने जा रहे हो। तुम्हारे`त्यों से पुरखे भी स्वर्ग में शर्मसार हो जाएंगे।

अजेंद्र-बाबू जी, ऐसा मैंने क्या कर दिया? रणेंद्र-क्या कर दिया? अरे! तुमने तो वो कर दिया, जो किसी ने न किया। शादी की इच्छा थी तो मुझसे बताते। ऊँचे खानदान में शादी कराते।और तुम हो कि बदचलन औरत पगली पर आसक्त हो।

अजेंद्र प्रताप (आक्रोश में) -बस बाबू जी! बस! बहुत हो गया। नहीं चाहिए ऊँचा खानदान। नहीं चाहिए ऐसी बिरादरी। नहीं चाहिए ऐसा समाज। जहाँ मानवता शर्मसार होती है। पगली बदचलन नहीं, बदचलन समाज है। आप जैसे समाज के पहरेदार हैं। नारी हर रूप में पवित्र है, निश्चल है। नहीं चाहिए ऐसा समाज, जहाँ सिर्फ़ नारी का चरित्र हनन होता हो।

-रणेंद्र प्रताप गुस्से से लाल हो गए। सामाजिक बहिष्कार की धमकी देते चले गए। पगली सब कुछ सुन रही थी। अजेंद्र के बालों को सहलाते हुए बोली-लोग नाखुश हैं। मेरी वजह से समाज से टकराना ठीक नहीं।

-अजेंद्र -कैसा समाज! वह समाज जो इंसानों को जातियों में बाँटता है। ऊंच-नीच की दीवारें खींचता है।जहाँ स्त्रियों को गुलाम समझा जाता है। दहेज के कारण जिंदा जलाया जाता है। बलात्कार कर बदचलन बनाया जाता

है। नहीं चाहिए ऐसा समाज। नहीं चाहिए समाज का साथ।

-पगली शांत हो गई। शादी की तिथि निश्चित हो गई। सभी लोगों को निमंत्रण भेजा गया। क्षत्रिय समाज ने बहिष्कार का निर्णय लिया। शादी की चर्चा समाचार पत्रों में होने लगी। बड़ी -बड़ी लाइनें छपने लगी। हर तरफ़ शादी की चर्चा। अजेंद्र भी शादी को ऐतिहासिक बनाना चाहते थे। सामाजिक संगठनों का भी सहयोग मिल रहा था।

शादी का दिन। कोठी में भीड़। मोटर-गाड़ियों की भीड़। देशी-विदेशी पत्रकार। शहनाई की मधुर धुन। प्रकांड पंडितों के दल द्वारा मंत्रोच्चार। शाही पोशाक में अग्निवेदी के समक्ष बैठे अजेंद्र प्रताप। हर तरफ़ खुशनुमा माहौल। हर व्यक्ति की निगाहें कोठी के मुख्य द्वार पर। मुख्य द्वार पुष्प गुच्छों से सुसज्जित। पंडितों द्वारा दुल्हन को बुलाने की पुकार।

अचानक सब की निगाहें मुख्य द्वार पर। राजशाही महरूम रंग के लंहगे में मुख्य द्वार पर पगली महिलाओं के साथ। लहंगे के किनारे पर सफ़ेद मोतियों की ज़री। अद्भुत! किसी अप्सरा से कम नहीं। जैसे ही कदम बढ़े। भीड़ से एक महिला की जोर से चीख -यही है। मेरी अस्मिता, मेरी बच्ची। -तभी एक पुरुष-चलो, देख ली न। जी भर गया। अब चलो। -सभी निः शब्द। सभी खुश भी हो गए। माता-पिता का आशीर्वाद भी मिल जाएगा। लेकिन मां का विलाप हृदय को छलनी कर देता था।

महिला-मैं मां हूँ। आज गले लगाने दो। जी भर कर लिपटने दो। वर्षों तरसी हूँ। आज मेरी बच्ची।

-पुरुष (गुस्से में) -बस करो! ये मेरी बच्ची नहीं हो सकती।

-महिला (रोते हुए) -कैसे कह सकते हैं? यही है मेरी बच्ची। मैं इसकी माँ हूँ। मेरी धड़कन है।

-पुरुष-बस करो! मैं समाज के खिलाफ़ नहीं जा सकता। बेटी जब अपनी मर्जी से घर से निकल जाए तो घर में लाना उसे पाप होता है। घर में वापस लायेंगे तो बेटे, बेटियों की शादी रुक जायेगी। ब्राह्मण

समाज में ऐसा करना महापाप है। जो गया, सो गया। यही धर्म है।

-महिला-क्या गलती है मेरी बेटी की। तुम इसके बाप हो। कैसे इतना निष्ठुर बन सकते हो। दिमागी हालत ठीक न होने से निकल गई। क्या गलत किया? वो समाज, जिसका रोना रो रहे हैं। जुल्म किया है। लूटा है। मेरी फूल जैसी बेटी पर अत्याचार किया है। नहीं चाहिए ऐसा समाज।

-पुरुष जबरन महिला को घसीट कर कार में बैठाया और चला गया। सब की आँखें नम हो गई। पगली की आँखों से अश्रु धारा बह निकले। कलेजा फट गया। सरपंच जी आँसू पोंछते हुए आगे बढ़ कर रुदन स्वर में बोले-नहीं चाहिए ऐसा समाज। जो खोखले सिद्धांतों पर टिका है। जो महिलाओं की आजादी का हनन करता है। जहाँ ममता भी व्यक्त करने का अधिकार न हो।

तुम मेरी बेटी हो। (चिल्लाकर) यह मेरी कन्या है। मैं कन्यादान करूँगा। खोखले समाज पर थूकता हूँ।

-पगली आँसू पोंछते हुए-नहीं, सरपंच जी। क्यों बदचलन को बेटी बनाते हैं। क्यूँ अपने पर कलंक लगाते हैं। बेटी होना ही अभिशाप है। अभिशाप है हमारी जवानी जो सब के नजरिये बदल देती है। जीवन भर एक नारी आत्मोत्सर्ग करती है। बहन, बेटी, पत्नी, मां आदि रूपों में सिर्फ़ और सिर्फ़ त्याग करती है।

समाज से क्या मिलता है? मैं बताती हूँ। बंदिशें, गुलामी की बेड़ियाँ, कलंक।

-सरपंच जी गले से लगा कर रोने लगे। सभी लोग रोने लगे। पूरा रामपुर गाँव एक स्वर में-आज से तुम हम सब की बेटी हो। रामपुर गाँव की अस्मिता हो।

विजेता सूरी रमण

मॉब लिंचिंग

छोटी सी उम्र में ही पूरे घर के भरण पोषण की जिम्मेदारी नाजुक कंधों पर आन पड़ी थी। जिस उम्र में लड़कियां तितली की तरह उड़ा करती हैं उस उम्र में वह रोजी रोटी की तलाश में इधर से उधर भटक रही थी। मेघा बेबस वक्त की मारी हुई वह असहाय लड़की थी जिसे ईश्वर ने खूबसूरती से नवाज कर गरीबी, अपाहिज बाप, दमे की मरीज माँ व तीन छोटे-छोटे भाई बहनों की जिम्मेदारी तोहफे में सौंप दी थी।

मगर अब वह बहुत खुश थी क्योंकि बहुत दिनों के बाद उसे एककंपनी में पार्ट टाइम जॉब मिल गया था। पढ़ाई के साथ-साथ अब काम भी चल रहा था। परंतु पहले ही दिन से बॉस की ललचाई नजरें लगातार उसका पीछा करती रहीं। वह वक्त बेवक्त उसे अपने केबिन में बुला लेता। उसकी बला की खूबसूरती मानों उसके लिए श्राप बन गई थी। कई बार उसका मन हुआ नौकरी छोड़ दे पर फिर अपनी आर्थिक तंगी के कारण घुटने टेक देती।

शाम के छः बज रहे थे लगभग छुट्टी का समय हो चला था उसके सभी सहकर्मी घर लौटने की तैयारी कर रहे थे। तभी चपरासी उसे एक फाइल थमाते हुए बोला मैड़म! साहब ने कहा है, -इसे पूरा करके ही जाना कल की मिटिंग के लिए आवशयक है। मेघा ने मन मारकर वह फाइल पकड़ी और

शीघ्रता से काम में जुट गई। धीरे धीरे आफिस खाली होने लगा मेघा की घबराहट भी बड़ने लगी। चपरासी भी कहीं दिखाई नहीं दे रहा था उसने दो तीन बार आवाज भी लगाई रामदीन, रामदीन परंतु कोई जबाब नहीं। सहसा उसके दिल की धड़कन बड़ने लगी। आखिर वह जल्दी से फाइल कम्पलीट करके बॉस के आफिस मे दाखिल हुई... टेबल पर फाइल रखते वक्त बॉस की घटिया मुस्कान को देखते ही वह भीतर तक सिहर गई थी मानो उसके पिंजरे में कोई सोन चिरैया फँस गई हो। मेघा की टांगे थरथरा रहीं थी।वह खुद को बहुत बेबस महसूस कर रही थी वह फाइल रखकर तेजी से दरवाजे की ओर मुड़ी... पर फिर वही हुआ जिसका ड़र था मौका देखते ही मालिक ने उसे अपनी हवस का शिकार बना डाला.... वह चीखती रही पर उसकी आवाज किसी तक न पहुंची। वह टूट कर बिखर गई। उस की आत्मा.... लहुलुहान हो गई। जिस्म मानों टुकड़े टुकड़े हो गया था। उस की आशाएं, इच्छाएं पूरी तरह से दम तोड़ गयीं थी। उसे अपने ही शरीर से घिन आने लगी। वह दुख के अथाह सागर में डूब गई। परंतु घर परिवार के हालात उसे इस शोक को ज्यादा दिन तक मनाने का अवकाश नहीं देना चाहते थे उस पर वह अपनी तकलीफ़ किसी से बयान भी नहीं कर पा रही थी।

आखिर वो अपनी बेइंतहा तकलीफ को समेट अपनी जर्जर लाश को उठाकर एक बार फिर से काम की तलाश में निकली मगर हर तरफ वही भूखे भेड़ियों की घूरती आंखें, वासना की लपलपाती जीभ उसका पीछा कर रही थी। मेघा परेशान हो उठी थी करे तो क्या करे?

बहुत सोचने के बाद आखिर मेघा इस निश्चय पर पहुंची जब ईमानदारी से काम करने की सजा भी यह है तो क्यों न फिर इसे ही –पेशा– बना लिया जाए। कम से कम टूटने का दुख तो कम होगा।

बस... अपने इसी फैसले को अंजाम दे दिया मेघा ने... उसने आखिरी निर्णय ले लिया खुद को परिवार पर न्योछावर कर डाला।

वह एक अत्यंत मेधावी छात्रा थी। पढ़ लिख कर प्रशासनिक अधिकारी बनना चाहती थी पर.... जिंदगी व घर की जरूरतों ने उसे इस राह पर

लाकर पटक दिया था।

अब धीरे-धीरे घर के हालात सुधरने लगे थे। मां बापू की दवाई राशन-पानी और भाई बहनों की फीस सब समय पर होने लगा था । घर में शांति और सुकून सा छा गया था। अकसर बिस्तर पर पड़े निढाल पिता बेबस नजरों से उसे देखते हुए ठंडी आह भर कर रह जाते। मेघा अंदर ही अंदर आहत हो जाती काश! ईश्वर ने सुंदर रूप के साथ साथ सुंदर तकदीर भी दी होती। परंतु अपने भाई बहनों को खुश देखकर उसे भीतर तक एक अजीब सी ठंडक महसूस होती।

उसने अपने सपनों को मानों उनके भीतर उड़ेल दिया था। वह उन तीनों को पढ़ा लिखा कर काबिल इंसान बनाना चाहती थी। जो काम उसके पिता नहीं कर पाए वो कर्तव्य वह अपना जिस्म बेचकर अपने भाई-बहनों के लिए पूरा कर रही थी। अकसर एकाकी क्षणों में अपने भविष्य के बारे में सोचती तो वह तड़प उठती थी उसकी आँखें आँसुओं से नम हो जाती लेकिन अगले ही पल वह अपने मन को यह सोच कर तसल्ली दे देती उसका जन्म ही परिवार के लिए न्यौछावर होने को हुआ है। उसने अपनी सारी इच्छाओं को मार डाला था। अपना पूरा ध्यान परिवार के भरण पोषण व छोटे भाई बहनों की परवरिश की ओर मोड़ दिया था।

परंतु पिछले कुछ दिनों से मेघा की तबीयत ठीक नहीं थी रह-रहकर उसे बुखार आ रहा था। इसलिए ज्यादातर बिस्तर पर ही पड़ी रहती जिसे देख कर मां बाबू दोनों परेशान हो जाया करते। माँ खांसते हुए उसके सर पर हाथ फेर कर कहती, -मेघा...मेघा तुम किसी अच्छे डॉक्टर को क्यों नहीं दिखाती हो अगर तुम बीमार पड़ गई तो घर का गुजारा कैसे चलेगा बेटा?-उसके शब्दों में भविष्य की चिंता साफ झलक रही थी।

मेघा अंदर तक तड़प उठी लेकिन सेहत उसका साथ नहीं दे रही थी।तभी राजू भागता भागता आया और उसके गले में बाँहे डालकर मायूस होते हुए बोला, -दीदी! कल मेरे स्कूल में बोर्ड की फीस भरने का आखिरी दिन है अगर फीस जमा न हुई तो मैं परीक्षा में न बैठ सकूंगा। दी, मुझे

पढ़ना है ....बहुत सारा पढ़ना है-। मेघा ने उसकी बाजू खींचते हुये उसे अपनी गोद में बिठा लिया और उसका माथा चूमते हुए बोली, -जरूर मेरा भाई पढ़ेगा बहुत पढ़ेगा....पढ़कर बहुत बड़ा नेक आफिसर बनेगा-। तुम अपनी टीचर से कहना बस थोड़े दिनों की मोहलत दे दो। यह कहते कहते मेघा के माथे पर चिंता की लकीरे उभर आयीं थी.. पिता सवालिया नजरों से एकटक उसे ताक रहे थे। मेघा धीरे से बिस्तर से उठकर खिड़की के पास चली आई ठंडी ठंडी हवा चल रही थी जो उसके भीतर चल रही उठा पटक को राहत देने का प्रयास कर रही थी। बारिश के आसार थे... तभी अचानक उसका फोन बज उठा ...फोन एक ग्राहक का था। उसने उसे घर पर ही बुलाया था और बदले में वह मोटी रकम देने को भी तैयार था! मेघा दो पल के लिए सोच में पड़ गई....

कल भाई के बोर्ड के एग्जाम की फीस भरने का आखिरी दिन था। मां की दवाई पिछले चार दिन से खत्म थी खाँस खाँस कर उसका बुरा हाल हो रहा था। मकान मालिक भी एक सप्ताह से किराए के लिए चिल्ला रहा था घर में राशन खत्म होने की कगार पर था। आज कई दिनो बाद उसे काम मिला था। पिता बेबस निगाहों से बिस्तर पर पड़े पड़े लाचार से उसे घूर रहे थे। मेघा ने उसे हां कर दी। हालांकि, इसमें खतरा बहुत था पर उसकी जरूरतें उसके दिमाग पर बुरी तरह हावी हो रहीं थी। उधर शायद होनी को कुछ और ही मंजूर था। वह समय पर अनमने मन से तैयार होकर दिए गए अड्रेस पर पहुंच गई थी। मालिक घर पर ही भूखे भेड़िए की तरह इंतजार कर रहा था। लगता था घर के नौकरों को छुट्टी दे रखी थी। टेबल पर खाने पीने का सामान बड़े करीने से रखा था कमरे में हल्का संगीत बज रहा था। चौड़ा माथा, सामने से बाल उड़े हुए, नाक पर मोटा चश्मा, मोटे बदरंग ओठ, मुंह में पान दबाए वो अधेड़ बड़ी बेसब्री से उसकी ओर ताक रहा था।

अपने भद्दे ओठों पर जीभ फेरते हुए ललचाई नजरों से बोला.... आ जाओ जानेमन आ जाओ।

मेघा ने अभी उसकी ओर अपना कदम बढ़ाया ही था कि अचानक डोर बेल बज उठी साथ ही दरवाजे पर थपथपाहट की आवाज सुनाई दी ...उस अधेड़ के तो होश ही उड़ गए थे वह तेजी से दरवाजे की ओर लपका... अगले ही पल थपथपाहट ओर तेज हो गई। उसने लगभग काँपते हाथों से दरवाजा खोला और सामने उसकी बीवी खड़ी थी। बस फिर क्या था अगले ही पल घर में कोहराम मच गया था।

देखते ही देखते मोहल्ला इकट्ठा हो गया। मेघा कुछ समझ पाती उससे पहले ही उसे बालों से घसीटते हुए सड़क पर कुछ लोग ले आए थे। चारों तरफ भारी भीड़ जुट गई थी हर कोई उस अबला पर जोर आजमा रहा था लात और घूंसों की मानो बरसात हो रही थी। उसकी दर्द विदारक चीखें चारों तरफ गूंज रही थी वह बार-बार हाथ जोड़कर छोड़ देने की गुहार लगा रही थी परंतु किसी पर भी उसकी हृदय विदारक चीखों का कोई असर नहीं हो रहा था। आधी भीड़ तमाशाई बनी हुई अपने अपने फोन पर उन पलों को समेट रही थी बाकी जज बनकर अपना अपना फैसला सुना रही थी। मेघा के मुंह से खून बह निकला था.... कपड़े बदन का साथ छोड़ चुके थे ...बाल बिखरे हुए वह सड़क पर औंधे मुंह गिरी हुई अपने आप को लात-घूंसों से बचाने का भरसक प्रयास करती। वह कई बार भागने का प्रयत्न करती पर अगले ही पल किसी ज़ालिम के हाथों फिर से पकड़ी जाती ....पूरी भीड़ में मानो सब जिंदा लाशें ही थीं ...किसी के मन में भी उसे छुड़ाने का भाव तक नहीं जागा था। एक बार उठ कर भागने में कामयाब हुई भी ..तभी ना जाने कहां से दो लड़कों ने उस पर पैट्रोल की बारिश कर दी वह पैट्रोल से तरबतर भागने का असफल प्रयास कर रही थी।

इतने में कहीं से जलती हुई तीली आई और उसका पूरा शरीर धू-धू कर जलने लगा वह तड़प तड़प कर आग बुझाने का प्रयास करती...

कभी जमीन पर लोट जाती ....कभी आग की तपन से उठ कर फिर बदहावास सी भागने लगती और भीड़ से आग बुझाने की प्रार्थना करती। उसकी भयावह चीखें किसी भी इंसान का कलेजा चीर देती.... पर ...पर

यह निर्णायक भीड़, जिंदा लाशें, अपने फैसले पर अटल ही नहीं बल्कि खुश भी थीं।

काफी देर तक जद्दोजहद करती हुई मेघा भीड़ से मदद की गुहार करती रही। परंतु किसी का भी मन नहीं पसीजा आखिरकार बेहोश होकर गिर पड़ी। तभी जोर से बिजली कड़की सुबह से जो काली घटाएं छाई थी उन्होंने बूंदाबांदी का रूप ले लिया था। मेघा के लिए बरसात की बूंदे उसके सुलगते बदन को कहीं न कहीं शीतलता दे रही थी। शायद वह उसके नाम के साथ अपनी सार्थकता को निभाने आईं थी। आज प्रकृति भी मानो उसकी तकलीफ पर रो रही थी। जब आँख खुली तो वह अस्पताल के बिस्तर पर पड़ी थी। पास ही डॉक्टर व पोलिस इंस्पेक्टर खड़े वार्तालाप कर रहे थे। मेघा से उसकी तकलीफ़ बर्दाश्त नहीं हो रही थी। दर्द से छटपटाते हुए उसने अपनी आपबीती सुनाने के बाद उन दोनों की आँखों में उभर आये आँसुओं को मचलते हुए देखा। उसने अपने परिवार की देखभाल तथा न्याय के लिए हाथ जोड़ दिए।

रात भर वह कराहती रही व अतीत की गलियों का सफर तय करती ...सोचती रही -उसका कसूर कहाँ था-?

सुबह की पहली किरण के साथ ही उसने अंतिम हिचकी ली। वह अपनी छिन्न-भिन्न काया को छोड़ तड़पती हुई कुंठित त्रस्त आत्मा को लेकर विदा हो चुकी थी। परंतु समाज के बुद्धिजीवियों व भीड़ के समक्ष अंगारों से जलते हुए अनगिनत ज्वलंत प्रश्न छोड़ गई थी।

रानी कुमारी

संस्कारों का अंकुरण

लतिका बालकनी में गीले कपड़े पसार कर अंदर आई, तो उसे अपनी चार साल की बेटी सुहानी नजर नहीं आई।

-सुहानी.. सुहानी...... बेटा सुहानी, कहां हो तुम? लतिका ने आवाज लगाई। कोई जवाब न पाकर लतिका मन ही मन बुदबुदायी, -अभी-अभी तो यहीं खेल रही थी, कहां गयी होगी..। मांजी भी मायके गयीं हैं और केशव भी तो आफिस निकल चुके हैं, तो फिर किसके साथ......? बेडरूम, हाल, बाथरूम, किचन कहीं भी नहीं। उसका मन घबरा गया।

तभी लतिका की नजर किचन में बिखरे चावल के दानों पर पड़ी तो वह चौंकी, -अभी-अभी तो सफाई की है, फिर ये चावल कैसे बिखरे? चावल किचन के बाहर और सीढ़ियों के तरफ भी थे। वह उन दानों का पीछा करते हुए छत पर आ गयी। और वहां का दृश्य देखकर वह दंग रह गयी। दरअसल नन्हीं सुहानी छत पर एक कटोरे में पानी और थोड़े चावल के दाने रख दी थी और दूर हटकर चिड़ियों को दाना खाते देख-देख कर हंस रही थी। यह देखकर लतिका के चेहरे पर भी मुस्कान आ गई। उसने झट से अपनी बेटी को बाहों में समेट लिया। सुहानी खिलखिला कर हंस पड़ी,

-मम्मा..मम्मा... दादी मां आज नहीं है ना तो मैंने चिड़ियों को दाना-पानी दे दिया, नहीं तो भूखी रह जाती ना।

-हां बेटा, पर इतने से दाने से क्या होगा? चलो और दाने लाकर देते हैं।

-कहते हुए लतिका बेटी के साथ सीढ़ियां उतरने लगी।

लतिका दाना डालते हुए सोच रही थी,

-यही तो है संस्कारों का अंकुरण, मांजी के संस्कारों का अंकुरण। उसके मन में मांजी के लिए आदर, सम्मान व प्यार और बढ़ गया।

कंचन पाण्डेय

वह प्यारः आप नहीं समझोगे

बहते आंसुओं की बूंदों ने सींचा है उन दर्द को जिससे मैं सदा अनजान रही। अनजान थी उन गुमनाम रास्तों से जिस पर चलना था मुझे लेकिन बहुत ही खुश होकर चल दी क्योंकि दर्द ही गुरु है। इन गुमनाम रास्तों का प्रत्येक पल कुछ ना कुछ सिखा कर साथ-साथ चलता रहता है यह सोचते हुए रमा घर से आफिस के लिए निकली। कुछ दूर ही निकली थी कि उसे आज रास्ता बहुत लम्बा लगने लगा। अचानक उसके मुँह से निकल पड़ा ओह! कितना लम्बा रास्ता है खत्म होने का नाम ही नहीं ले रहा है रोज तो कितनी जल्दी खत्म हो जाता है। आज क्यों ना वही रास्ता लम्बा लगेगा उसके साथ जो उसका दर्द चल रहा था और ऐसी खोई कि बसस्टैंड में नहीं रुक कर आगे बढ़ती चली गई। रमा का ध्यान खुला तब क्या करे ना करे लेकिन तभी एक पड़ोसी पप्पू जी उधर से गुजरे।

भाभी जी छोड़ दूँ....

रमा-नहीं...नहीं भाई साहब चली जाऊँगी अब तो पांच मिनट का रास्ता है देर तो हो गई थी लेकिन रमा के मेहनती, ईमानदार और अपने काम के प्रति समर्पित होने की भावना के कारण मैनेजर ने भी कुछ नहीं कहा।

शाम को रमा घर पहुंची, एक हाथ में फाइल से भरी थैली तो दूसरे

हाथ में उसका पर्स। घर का एक भी समान जगह पर नहीं था। सभी जगह वही किताबें हीं किताबें बिखरी हुई थी। कहीं सोफा तो कहीं कुषाण। ओह! रमा जोर से बोल पड़ी यह क्या है?

रानी, घर की क्या हालत बना कर रखी है? ऋषभ कहाँ गया है?

रानी : खेलने रमा पूछते पूछते रसोईघर पहुंची रसोईघर जैसा छोड़कर गई थी उसी स्थिती में थी, लेकिन यह क्या?

रमा जोर से बोल पड़ी....

छुटकी : क्या हुआ मम्मा?

रमा : तुम लोगों ने फिर खाना नहीं खाया? हे भगवान मैं रोज रोज क्यों बनाकर जाती हूँ। रमा का गुस्सा प्यार में परिणत हो गया ओह! मेरे बच्चे सब सुबह से कुछ नहीं खाए हैं। खिड़की से बाहर झाँकते हुए देखा ऋषभ खेल रहा था।

रमा : छुटकी जा भैया को बुलाकर ला तब तक गरम गरम कुछ बना देती हूँ। एक गिलास पानी पीकर नाश्ता बनाने लगी लेकिन उस गर्म नाश्ते को कोई छूने तक नहीं आया।

ऋषभ : अभी माँ भूख नहीं है।

रानी -हाँ मम्मी कहा ना नहीं खाना।

रमा : छुटकी तू खाएगी या तेरा भी पेट भरा हुआ है, एक तो दिन भर की परेशानी ऊपर से यह भाई बहन के नखरे ओह! छुटकी डर से थोड़ा -थोड़ा मुँह में डालने लगी।

रमा : घर आते ही एक गिलास पानी तो कोई देता नहीं है। धीरे- ध ीरे सभी कमरे में चले गए। प्लेट में पड़ा पोहा रमा को और रमा पोहे को देख रही थी और रमा बोल पड़ी तेरी और मेरी स्थिती एक जैसी है कोई उपाय नहीं रहे तब.....बोलते बोलते सोफा ठीक करने लगी। तभी जोर से चिल्ला उठी... ओ.... तो यह बात है। हमेशा मना करती हूँ यह पैकेट बंद

चीज मत खाओ लेकिन नहीं और यह तो घर नहीं होटल है जहाँ खाया वहीं फेंका और एक राजेश हैं जो अभी तक नहीं आएँ हैं। तभी राजेश भी आफिस से आ गए।

राजेश : क्या हो रहा है रोज-रोज वही हल्ला घर में, क्या हुआ रमा तुम्हारी आवाज गली के अंतिम छोर तक सुनाई देती है।

रमा : क्या करूं इन लोगों को घर का खाना अच्छा नहीं लगता

है। राजेश : बच्चे हैं

रमा : और आप

राजेश : मैं.... मैंने क्या किया?

रमा : कुछ नहीं, क्या होगा। जब जानते हैं कि मेरा आपके बिना कौन है किससे दो बातें करूंगी। आपको पता है किस तरह यह समय बीतता है इस पर आप जान बूझकर इतनी देर से आते हैं।

राजेश : मैं जान कर देर नहीं करता लेकिन अगर कोई मिल जाए तो क्या करें बात भी ना करूं।

रमा : और मैं किससे बात करूं।

राजेश : तुमको कहाँ मना करता हूँ तुम भी जाओ।

रमा : कहाँ? जब मैं नई -नई थी, तब तो एक पल भी साथ नहीं छोड़ते थे और अब?

राजेश : अब क्या कमी है, सभी सुविधाओं से घर भरा हुआ है।

रमा : यह सुविधाएं मुझे नहीं चाहिए, मुझे आपका वही साथ चाहिए जो पहले था, दम घुटता है मेरा, अकेले : अकेले अब एक पल भी नहीं कटता क्या करूं।

राजेश : इतना परेशान मत हुआ करो और मुझे भी मत करा करो ....छोड़ो जाओ चाय बनाकर लाओ। राजेश चाय पीते ही फिर अपने मोबाइल में व्यस्त हो गए और कुछ क्षण पश्चात कहीं निकल गए । रमा

अपने काम में व्यस्त हो गई, लेकिन जब उसका काम खत्म हुआ तो सहसा उसकी नजर घड़ी पर गई। अरे दो घंटे होने को आए और इनका कुछ पता नहीं। वह खुद में बुदबुदाते हुए मोबाइल उठाई लेकिन बार : बार रिंग जाने पर भी बात नहीं हुई।

रमा : कहाँ हैं आप? एकबार तो फोन उठा लीजिए, अचानक रमा बहुत परेशान हो गई, हद तो तब हुई जब अचानक रिंग के स्थान पर मोबाइल द्वारा स्विच आफ हो गया। वह बेचैन हो गई और यह एक दिन की कहानी नहीं रोज -रोज इन्हीं परिस्थिती से गुजरना पड़ता था रमा को। शायद उसका प्रेम ही था जो रोज उसको वही परिस्थिती में हिचकोले करवाता था और वह सहन करती थी उस परिस्थतियों में रोज मरना और राजेश का मुँह देखकर जीवित हो जाना। करीब आधे घंटे के पश्चात डोरबेल बजी। छुटकी ने दरवाजा खोला...... पापा आ गए, बच्चों के चेहरे पर भी एक चमक आ गई।

राजेश : रमा-रमा देखो ना, अचानक फोन आ गया और मैं मीटिंग के लिए निकल गया और तुम्हारा जब फोन आ रहा था तब मैं मीटिंग में था।

रमा : इसलिए उसके बाद फोन आफ कर लिए।

राजेश : नहीं, तुम तो गलत ही समझती हो।

रमा : हाँ हाँ मैं ही गलत हूँ।

राजेश : मैंने कब कहा, लेकिन मोबाइल डिसचार्ज हो गया था।

रमा : एक तो बिना बताए घर से निकल जाते हैं और यह भी नहीं कि एकबार फोन ही करके ....

राजेश : रोज -रोज के तुम्हारे इस किचकिच से मेरा बना बनाया काम बिगड़ जाता है चलो बच्चों को खाना दो।

रमा ने बच्चों को खाना तो दे दिया लेकिन खुद खाने नहीं बैठी।

राजेश : चलो रमा खाना खा लो माफ़ कर दो अब आगे से यह गलती नहीं होगी।

रमा : कितनी बार आप माफ़ी मांगेंगे? मैं अब तंग आ गई हूँ और मेरे कारण अगर समस्या है तो मैं ही चली जाऊँगी।

राजेश : अरे वह तो गुस्से में मैने बोल दिया। सुबह होते ही बच्चों का स्कूल, राजेश का आफिस और इसमें नाश्ता, लंच बाक्स, बच्चों को तैयार करना और साथ खुद भी तैयार होकर आफिस जाना। इस भागा दौड़ी में मन की बातें मन में ही रह जाती थी, फिर भी काम से नजरें चुरा कर वह राजेश के पास जाती कि दो बातें हो जाए तो दिन भर की शक्ति मिल जाएगी लेकिन राजेश का तब भी लैपटॉप और मोबाइल में व्यस्त रहना रमा को शक्तिहीन बना जाता था। सबको विदा करके रमा भी अपनी आँखों में आँसू लिए फिर निकल पड़ती थी, अपनी दिशा की ओर उसके आँसुओं को ना ही कोई देखने वाला और वह भी किसी को नहीं दिखाना चाहती थी, लेकिन टूटी हुई आस को जोड़ते हुए अपने आपको झूठा दिलासा दिलाती हुई फिर मन को बांधती हुई अरे आज तो शनिवार है आज दोनों सवेरे घर चले आएँगे फिर मन भर बात करूंगी और फिर घर में बहुत समान की कमी हो गई है, बहुत दिन हो गए हैं बाजार साथ नहीं गई हूँ, आज कुछ अच्छा बनाऊँगी।लेकिन भाग्य की विडम्वना, राजेश के लिए क्या शनिवार और क्या सप्ताह के अतिरिक्त दिन सभी एक समान थे।

आज रमा बहुत खुश थी लेकिन उसे क्या पता उसके भाग्य ने उसके लिए कुछ और विचार किया हुआ था। बेचारी रमा की इच्छा मन में ही दब कर रह गई। यह कहानी अब तो रोज की थी समय या तो घर के कामों में बीतता था या आफिस के कामों में लेकिन मन के किसी कोने में एक तड़प थी कि वह शुरू के दिनों की तरह राजेश के साथ वैसे ही समय बिताना चाहती थी। हर समस्या को साथ-साथ बात करके हल करना चाहती थी लेकिन राजेश की राह ही अलग हो गई थी, जहाँ राजेश को अपने परिवार को रुपयों के ढेर पर बिठाना था वहीं रमा को एक दूसरे के साथ प्यार

और घुलमिल कर रहना पसंद था और यह प्यार ही था कि राजेश के देर होने पर या मोबाइल स्विच ऑफ़ होने पर वह बेचैन हो जाती थी और घंटों दरवाजे पर खड़ी रास्ते को निहारती। फिर मोबाइल लगाने लगती और बात नहीं होती तब कभी कभी वह रो पड़ती थी लेकिन इन आंसुओं का कोई गवाह नहीं था। राजेश के आते ही उसके शरीर में प्राण आ जाते थे लेकिन दरवाजा खुलते ही रमा के सवाल शुरू हो जाते और बात बढ़ते-बढ़ते विकराल रूप ले लेती थी।

रमा की भावनाओं को वह समझ नहीं पा रहा था, जो रमा को दुखी कर जाता था, अब तो गुस्से से रमा अगर बोल देती कि नहीं खाऊँगी तब राजेश एकबार भी प्यार से मनाने की कोशिश नहीं करता। हाँ यह सच है कि वह भी भूखा सो जाता था।

एक दिन तो हद हो गई रमा बहुत जोर से गिर गई लेकिन राजेश सोफे पर बैठा रहा लेकिन उठकर नहीं आया। एकबार यह भी नहीं पूछा कि कहाँ चोट लगी है। रमा को उस चोट से ज्यादा आंतरिक पीड़ा हुई, वह सोचने लगी क्या वही राजेश है जो कुछ साल पहले एक खरोंच लगने से भी तड़प उठते थे। इन सभी बातों से वह कभी-कभी यह सोचती कि मर जाना ही अच्छा है। जाने अनजाने राहों पर भटकते : भटकते न जाने कहाँ आ गई हूँ। जहाँ ना ही राह का पता है ना ही मंजिल नजर आ रही है। धुंधली-सी राह दिखती तो निकल पड़ती, उस राह पर कहीं भटकते-भटकते शायद मंजिल दिख ही जाती ठहरी हुई हूँ पानी की तरह... कहीं ठहरे-ठहरे सड़ ना जाऊं। न ही बहाव ही है ना ही कटाव ही है। इस मन रूपी पानी का रंग भी बदलता जा रहा है शायद कोई काम की ना रह जाऊं लेकिन दूसरे पल उसके बच्चों का मुखड़ा उसके सामने घूमने लगता और सोचती इसमें इन बच्चों का क्या दोष मेरे जीवित रहते हुए तो पिता कभी दो मिनट नहीं दे पाते हैं मेरे बाद क्या होगा इन मासूमों का।

कभी कभी वह भी आफिस के बाद घंटों कहीं बाहर बिता देना चाहती थी कि राजेश को भी उसकी कमी का एहसास हो लेकिन बच्चों का ख्याल

उसे बेचैन कर देता था। रमा मन ही मन सोचती एक तो राजेश कब आएँगे और उसकी अनुपस्थिति में बच्चों का क्या होगा।

रमा : मन ही मन सोचने लगी एकबार राजेश के भरोसे वह बच्चों को छोड़कर आफिस की एक मीटिंग में गई थी। लेकिन आने के बाद पता चला कि उसके जाने के कुछ क्षण पश्चात ही राजेश कहीं निकल गए थे और पूछने पर बताए कि याद ही नहीं रहा, रमा सब कुछ तो तुम ही देखती हो।

रमा ने बहुत कोशिश की लेकिन राजेश में कोई परिवर्तन नहीं आया तब उसके पास कोई उपाय नहीं था। वह अंततः राजेश से अलग होने का सोच ली लेकिन यह भी रमा के लिए आसान नहीं था वह जिस राजेश से अलग दो घंटे भी नहीं रह सकती थी, वह क्या जिन्दगी भर रह पाएगी? यह बात उसके फैसले को हिला कर रख देती थी। लेकिन यह कैसा पास था जो एक साथ घर में रह कर भी कई दिनों तक ठीक ढंग से बातें नहीं हो पातीं थी। रमा ने आज घर छोड़ने का दृढ़ निश्चय कर लिया और अपने बच्चों के साथ निकलने वाली थी कि राजेश ने बांहें पकड़ ली।

रुक जाओ रमा, मत जाओ, कहाँ जाओगी?

राजेश के लाख रोकने पर भी वह नहीं रुकी।

राजेश : रमा मत जाओ मैं बदल जाऊंगा।

रमा : यह आप बहुत बार बोल चुके हैं। अब मुझसे बर्दाश्त नहीं होता है। मेरा मन क्या चाहता है आप नहीं समझेंगे, वह प्यार आप नहीं समझेंगे।

राजेश : क्या बर्दाश्त नहीं होता है?

रमा : आप नहीं समझेंगे।

राजेश : क्या नहीं समझूँगा? सब कुछ तो है तुम्हारे पास और मैं यह जो भी कर रहा हूँ तुमलोगों के लिए ही तो कर रहा हूँ।

रमा : नहीं मुझे यह सब नहीं चाहिए तुम जितना अपनी जॉब से कमाते हो वही काफी है। किस तरह इस सफर की शुरुआत की थी ना ही सोची ना ही समझी बस चलती चली गई। आज अचानक जब अपने आप को देखती

हूँ तब सन रह जाती हूँ कि जैसे मेरा सफर रुक सा गया है। तुम्हारे चलने की धुन में मैं बहुत पीछे छूट गई हूँ । मुझे लगा मैं सबके साथ हूँ लेकिन किसी को भी मेरे साथ चलना मंजूर नहीं हुआ। इस घर में सबने अपनी मर्जी के मालिक बन अपनी अपनी राह पकड़ ली है। कोई बात नहीं मनुष्य अकेले जन्म लेता है और अकेले मरता है फिर इस दुनियाँ में क्यों किसी के साथ की जरूरत। अकेला चलना मुश्किल या नामुमकिन तो नहीं।

राजेश : इस दुनियाँ में अगर रुपया है तब तुम मनुष्य हो नहीं तो कोई गिनती नहीं है।

रमा : देखा तुम तुरंत क्या बोले, देखो अपनी बात पर दो मिनट भी नहीं टिक पाए।

राजेश : हाँ हाँ नहीं टिक पाया लेकिन मैं तुमलोगों को जाने नहीं दूँगा लोग क्या कहेंगे देखो पत्नी छोड़कर चली गई।

रमा : वाह! लोगों की खातिर मुझे जाने नहीं दिया जाएगा।

राजेश : ऐसी बात नहीं है।

रमा : फिर कैसी बात है मुझे बताओ तुम्हारी बातों से तो यह बात स्पष्ट हो रही है।

रमा ने फिर एक त्याग किया लेकिन उसका मन अंदर ही अंदर दबा जा रहा था। वह रह-रह कर बेचैन हो उठती थी लेकिन परिवार के सम्मान के लिए वह रुक गई। कुछ महीनों के बाद उसके अंदर की घुटन और पति के साथ की तड़प ने उसके प्राण ले लिए। राजेश आज रमा के गुजरने के दस साल बाद भी रमा की कही उस बात को याद करके अपनी आंसू रोक नहीं पाता है, रमा कहती थी जिस प्रकार आपके लिए मैं तड़पती हूँ वैसे आपको भी मेरे बिना अकेले रहना पड़ेगा और अकेलेपन की घुटन कैसी होती है सहना पड़ेगा।

आज राजेश के पास सब कुछ है... नहीं है तो वह हमसफर जिसे रूपये कमाने की दीवानगी में राजेश ने खो दिया था।

देशपाल राघव 'वाचाल'

कनफ़ेशन

शरद अवकाश के समय छटंकी देखने का निर्णय गर्मियों ही में कर लिया था अतः घर वालों की सहमति से एक प्रातः पूर्व में दूर अरावली पहाड़ी के पश्चिमी ढलान पर स्थित बुरारिक मंदिर की और निकला। रास्ता दुर्गम और ख़तरों से भरा था इसलिये पूरी तैयारी के साथ अकेला ही पथ पर आगे बढ़ा।

झाड़झंखाड़ को डंड़े से हटाते हुए इस बात की विशेष सावधानी रखी कि इस क्षेत्र में पाए जाने वाले काले मुँह के पीले लम्बे साँपों से बचाव जरूरी है। भय मिश्रित आशंका और छटंकी देखने की उत्सुकता में कदम तेजी से बढ़ रहे थे। ज्यों ही पहाड़ी की चढ़ाई आरम्भ हुई रास्ता और दुर्गम हो गया। थोड़ा आगे बढ़ा ही था कि गीदड़ों का एक बड़ा झुंड़ आगे आ गया। बायाँ हाथ तुरंत रिवॉल्वर पर पहुँचा तथा दाएँ हाथ ने डंडे को जोर से ज़मीन पर फटकारा। गीदड़ भाग खड़े हुए।

अचानक मोर जोर से चिल्लाने लगे। दूर बाएँ एक हिरण तेज गति से दौड़ा और झाड़ी में उलझ गया। झपट रहे बाघ ने उसे दबोच लिया। कुछ देर गर्दन दबाई फ़िर उठा ले गया। मैं सिहर उठा।

आगे बढ़ा। चढ़ाई तनिक कठिन थी। कुछ नेवले चीं चीं करते मेरे समीप से गुजरे। ऊपर चढ़ने के बाद मैं एक खाई में उतरा जहाँ मुझे लगा कि झरने का वहीं कहीं उद्गम होगा। थोड़ा नीचे आते ही मुझे एक विशालकाय काले रंग का गोलाकार पत्थर दिखाई दिया। हो न हो यही छटंकी है, ऐसा ख़याल कर मैं तेजी से उस ओर बढ़ा। करीब तीस फीट ऊँचाई वाले इस पत्थर का थोड़ा सा भाग ज़मीन पर टिका था। शेष सारा हवा में। आश्चर्य से उसे देखते समय मन हुआ कि उस पर चढ़ कर ऊँचे स्वर में गाऊँ। मगर कैसे? चढ़ पाना असम्भव। उसे छूते हुए उसके चारों ओर परिक्रमा सी की तथा उधर झरने की तरफ ध्यान गया। छटंकी के पास ही कलकल करता निर्मल झरना।

नीचे जाकर जल को छुआ, शीतल-स्वच्छ। हाथ धोकर थोड़ा जल पिया। आहा, आनंद आ गया और सारी थकान गायब। लौटने के लिए उठा, मुड़ा तो देखा एक साधू ऊपर ऊँचाई की तरफ जा रहा है। मैं लगभग दौड़ते हुए उसके समीप पहुँचा, अभिवादन किया किंतु कोई प्रत्युत्तर नहीं। सोचा मौन धारण किया हो या मूक-वधिर हो। या ये भी हो सकता है कि मेरी भाषा न समझता हो। दुबला इकहरा शरीर, गौर वर्ण, लम्बी उलझी जटाएँ किंतु मुख पर तेज।

मैंने दो-चार प्रश्न किए जिनका जवाब नहीं मिला। वो ठहरा भी नहीं। सब चलते चलते ही पूछ रहा था मैं भी। मैं उसके आगे, उसे रोकने की गर्ज से, आ गया। वह रुका और उदासीन भाव से मुझे देखा। मैंने अंग्रेज़ी में पूछा, -आदरणीय, आप शायद योरप से हैं।

उसने हाँ में गर्दन हिलाई और एक्सक्यूज मी कह कर आगे बढ़ने लगा। -आज मैं भी जल्दी में हूँ। कल आऊँगा। कृपया यहीं मिलियेगा।

-कहते हुए मैंने बैग से कुछ मेवे तथा एक पैकेट बिस्किट उसे दिये। बड़े अनुनय विनय के बाद उसने उन्हें स्वीकार किया। तब मैं प्रणाम कर घर लौटा। रास्ते भर साधू का ही चिंतन। घर में सभी को यह प्रसंग सुनाया और कल पुनः उससे मिलने का संकल्प भी बताया।

अगली सुबह भी जल्दी ही निकला और अपेक्षोंत कम समय में वहाँ पहुँच गया। मुझे लगा साधू भी मेरी प्रतीक्षा कर रहा था। हम दोनों एक बड़ी सी चौरस शिला पर बैठ गए। वार्ता आरम्भ हुई तो मैं भौंचक। वह साधू वास्तव में महिला थी। कुरेदने पर उसने अतीत में झाँकना शुरू किया।

कॉलेज के दिनों में उसकी मुलाक़ात एक सम्पन्न घराने के युवक से हुई और कब शारीरिक सम्बंध बन गए, पता ही न चला। दोनों ने वैवाहिक जीवन आरम्भ करने की कसमें खाईं।

जब उसका पाँव भारी हुआ तो उसने विवाह का दबाव बनाया। युवक गायब हो गया।

समय पर बेटे का जन्म हुआ। दो साल जैसे तैसे उसे पाला। और एक दिन उसे अनाथालय में छोड़कर खुद कोठे पर जा बैठी। लम्बे अंतराल पर भूल गई कि उसका कोई बेटा भी है।

खाओ पीओ ऐश करो के ढर्रे पर जीवन पल पल बीत रहा था कि एक दिन एक हसीन नौजवान कोठे पर आया। सभी लड़कियाँ उसे घेर कर अपने साथ ले जाने की ज़िद कर रही थीं। वह उठी और सभी को झिड़कते हुए युवक को अपने कमरे में ले गई। महीनों ये खेल चला। एक सुबह युवक जब नहाने के लिए कपड़े उतार रहा था तो उसने युवक के दाएँ कंधे पर बड़ा सा मस्सेनुमा तिल देखा। पूछा,-कहाँ रहते हो?

-झिझकते हुए युवक ने एक अनाथालय का नाम लिया। वह वहीं ज़मीन पर निढाल गिर सी गई। युवक से कल आने को कहा। उसके जाने के बाद वह वहाँ से भाग आई और प्रायश्चित के लिए भारत आ गई।

इतना कह वह आगे की ओर लुढ़क गई। दोनों हाथ दूर तक फैल गए तथा हथेलियाँ आसमान की तरफ खुली रह गईं। मैंने कुछ देर बाद उसे हिलाया। निष्प्राण थी वह।

डॉ नीरज अग्रवाल

पवित्र स्थान

मनस्वी दीपावली की छुट्टियों में गाँव आया.. सब बहुत खुश थे, मनस्वी माँ के साथ दीपावली की खरीदी करने बाजार गया... रास्ते मे सड़क किनारे दूर ढलान में एक पुराना मंदिर पड़ा। मनस्वी बोला माँ यह वही पुराना मंदिर है जिसकी मूर्ति स्थापना करते समय मूर्ति टूट गई थी....फिर क्या हुआ....?

माँ ने कहा बेटा....पंडितजी ने कहा कि स्थापना करते समय अगर मूर्ति टूट जाये तो मंदिर शापित हो जाता है.... फिर वहाँ दूसरी मूर्ति स्थापित नहीं की जा सकती... तब से ये मंदिर खंडहर हो गया....तुम कभी... पुराने मंदिर की तरफ मत जाना बेटा... शापित जगह जाने पर जीवन भी शापित हो जाता है..... अब तो बुरी आत्माएं निवास करने लगी .....चलो घर....! पर मनस्वी के मन मे न जाने क्यों बार बार उस मंदिर का ख्याल ही आता....क्यो न मंदिर में कुछ दिए जला दूँ.... यह सोचकर मनस्वी घूमते हुए पुराने मंदिर की ओर चला गया...पर.....यह क्या ...? वहां एक औरत गंदे फ़टे कपड़ो में...डरी सहमी सी....कुछ बीन कर खा रही थी...कुछ तीन चार लड़के वहाँ से निकले....शायद अपनी घिनौनी हरकत को अंजाम देकर।

मनस्वी को देखकर वह रोने लगी... और सिकुड़ कर बैठ गई...उसके

शरीर मे नाखूनों के घाव थे, अर्धविक्षिप्त मानसिक स्थिति पर शायद बहुत अत्याचार सह कर डरी सहमी सी वह दीवार की तरफ पीछे हटने लगी.... मनस्वी उसकी हालत देखकर द्रवित हो उठा....कैसा समाज है....? कैसी

कैसी धारणाएं है... मंदिर को शापित कह किसी और का जीवन नरक बनाने का ये कैसा चलन....? वह दीवार से छुपकर मनस्वी को देख रही थी.....शायद बहुत भूखी भी थी....? मनस्वी उसे गाँव ले आया.... सब लोग चिल्लाने लगे... अपवित्र है... चांडाल है.... भूतनी है.... कलंक है गाँव की...न जाने क्या क्या...।

मनस्वी बोला.... कैसे हुई ये अपवित्र? किसने किया इसे अपवित्र? अपनी हवस का शिकार बना कर पागल कर दिया तुम सबने.....! अपनी अंधी वासना से नर्क बना दिया इसका जीवन....! किसने कहा इसे

अपवित्र....? और इस अपवित्र से कितने लोग मिलकर खुद अपवित्र होते हैं.....? बताइये मुझे....जॉन अपवित्र है....? ये......या तुम लोग......जो रोज इसकी आबरू को खंडित कर खुद को पवित्र मानते हो....बोलो.....मनस्वी चीखने लगा.....अगर ये अपवित्र है...... तो क्यो छुपकर इसे छूते हो.....?

अपने गंदे घिनौने खेल को अंजाम देने के लिए....स्वार्थी अंधे कामुक लोगों ने मंदिर को शापित कह कर अपनी हैवानियत का घर बना लिया...इसके कारण भगवान के मंदिर को खंडहर बना दिया....! ये सम्मान है हमारा....ये इज्जत है हमारे गांव की....अपनी झूठी शान से अपने झूठे ओहदों से, अपने कलुषित विचारों से अपनी घिनौनी वासना से.... अपनी....क्रूर कामुकता से... तुम सब ने जो अनाचार किया .... वह क्या था..? क्या था वह.... जवाब दो सामने आकर......क्या यह बचपन से अपवित्र थी.....कौन थी ये...? अरे मूर्खों औरत को अपवित्र करती है पुरुषों की कलुषित कामना...उसकी अपवित्र धारणा..... स्त्री तो गंगा है..... पूछो इससे.....कि एक स्त्री को गाँव के कितने पवित्र लोग उसके अपवित्र देह को छूते हैं?

अगर यह बता सकती ....तो गाँव के गिने चुने लोगों के नाम ही बचेंगे....पर दुः खद....! उसकी हालत भी ऐसी नहीं कि वह उन गुनाहगारों के नाम बता सके....उस अंधेरे मंदिर की इस खौफनाक साजिश से रूबरू करवा सके! यह हमारे गांव की कलंक नहीं इज्जत है, जिसे सबने धूमिल किया... मैं इसका इलाज करवाऊंगा ... इसे शहर ले जाऊंगा। यदि यह किसी के शान के खिलाफ है... तो वो तोड़ सकता है मुझसे रिश्ता...। पर मैं किसी स्त्री को इस तरह तिल-तिल मरते नहीं देख सकता। और न ही अभिशापित कर सकता उस मन्दिर को.... शीघ्र ही उस मंदिर में देवस्थापन होगी....जिसे नहीं आना वो घर पर रहे.. मैं उस पवित्र स्थान को अपवित्र नहीं होने दूंगा।

ट्विंकल आडवानी

जीजी माँ

आए दिन पढ़ती हूं बीमारियों की खबरें, दिल बैठ जाता है। जाने क्यों मैं भूल ही नहीं पाती उस राखी के दिन को, दिन भी ऐसा, किसी बहन को भूले ना भुलाए। अखबार पढ़ती हुई जीजी मां मन में सोच रही थी।

बेल बजती है।

कौन है।

आती हूं... इस उम्र में भी सीढ़ियां कहां चढ़ पाती हूं। लगता है अब बुड्ढी हो गई हूं मैं।

रुचि आज इतनी देर क्यों कर दी, आने में?

क्या करें स्कूल बुलाए थे...... बच्चे का बाप दारू में पैसा उड़ा देता है... तीन महीने की फीस नहीं पटाई.... परीक्षा सर पर है... बच्चे बैठने नहीं देंगे पेपर में।

कौन से स्कूल में है तेरी बिटिया?

पास वाले लालबाग वाले।

अच्छा कितनी फीस देनी है?

10,000 जमा करना है।

तो क्या कर दी?

कहाँ से करूँ?

झोपड़ी का किराया, बिजली का बिल, बच्चों का कपड़ा, खाना ..। चल मैं बात करती हूं जो हुआ तो कर दूंगी।

बहुत अच्छे हो आप ..!

जल्दी काम कर....एक समाज सेविका हैं जिन्हें सब जीजी मां कहते हैं।

सारा दिन फोन....... किसका है?

हेलो, हां जी कैसे हो?

बहुत खुश, तुम सब कैसे हो?

आपके बिना अधूरे जी... आप आए नहीं छुट्टियों में?

अब क्या आएं ..!

अरे ऐसा मत बोलो आप लोग नहीं आते तो लगता ही नहीं छुट्टियां हैं। कभी तो हमें सेवा का मौका दो। हां अगले हफ्ते जीजा बाहर जाएंगे तब आती हूं। वापसी में लेते जाएंगे।

जीजी.... मेरे लिए बनारस की साड़ी लाना, और क्या चाहिए लिस्ट बना दूँ?

हां बना दे।

इस बार अचार, पापड़, मुरब्बा सब पहले ही मैंने बना दिया है।

आप कुछ मत लाना, बनाना भी नहीं।

हां...बड़ी सयानी हो गई हो।

जीजी आपने तो सिखाया था। आपके जितना अच्छा तो नहीं बना लेकिन फिर भी बहुत अच्छा बना है। और बताओ जीजी मां! इस बार मेरी

क्लास कर।

हां जरूर, मगर एक हफ्ते में क्या क्या करूंगी ज्यादा नहीं बस योगा कर लेना बाकी कुछ करने की जरूरत नहीं।

आजकल सब डाइटिंग पर हैं।

तली चीजे कोई नहीं खाता, आपको बहुत शौक है ना सबको बना बना कर खिलाने का ...।

बच्चे भी आपनी पसंद का ही खाते हैं।

क्या करें बचपन में भाइयों को बना कर देती थी तो लगता है आज भी मौका मिले तो छुटकू को बनाकर दूं। प्यार से बनाकर खिलाओ.... क्या

पता के और कितने दिन के मेहमान हैं।

जीजी, ऐसा मत कहो, फोन रख देंगे।

अच्छा बाप रे नहीं कहती।

भाभी मैं जाऊं?

चलो बड़की बहु फोन रखते हैं।

रुचि तेरा काम हो गया?

नहीं... छत में कपड़ा उतार कर लाती हूं।

बर्तन नहीं मांझी?

सामने वाली भाभी का काम करके आती हूं उनको मीटिंग में जाना है आकर करती हूं आपका काम बाकी बचा।

चल ठीक है... जल्दी आना।

कहां हो .....फोन नहीं उठाते।

मीटिंग में था तो साइलेंट में था।

चलो कोई नहीं...।

आप कब जा रहे हो...? हम भी चलेंगे... मायके उतार देना।

बुढ़ी हो गई हो मायके का मोह नहीं गया।

दोनों हंसते हैं....

काहे नहीं जाएं?

तुम भी अपने गांव जाते हो। हम काहे नहीं जाए बढ़की, छुटकी बहु से मिलने?

तुम्हारे तो पैरों में दर्द है, कैसी जाओगी?

तब तक ठीक हो जाएंगे... हमारी भी टिकट करा दो।

बड़की बहु का सामान लेने बाजार जा रहे हैं खाना बाहर ही खा लेंगें। हमे लेने आ जाना...।

जीजी मां की आदत है, मायके जाने से पहले एक हफ्ता शॉपिंग करती है।

हर बच्चे, हर बहु सब के लिए कुछ न कुछ लाती है और बहुत अच्छा लाती है। न जाने उन्हें कैसे पता चल जाता है किस को क्या चाहिए। वह हर रिश्ते को दिल से निभाती हैं। उनकी खुद की कोई औलाद नहीं अब दुसरे बच्चों की सेवा में समय निकालतीं थीं। कई लोगों ने उन्हें बोला कि बच्चा गोद लो मगर वह कहतीं मेरे पास तो इतने सारे बच्चें हैं... एक गोद क्यों लूं? कई आश्रम, अनाथालय स्कूलों से और कई सामाजिक संस्थाओं से जुड़ी हुई हैं। रोज बनारस के घाटों की सफाई करते हैं। न जाने कैसा अजीब सा रिश्ता है। एक अलग ही सुकून है घाटों में।

हजारों लोग दर्शन के लिए जाने कहां कहां से आते हैं।

बड़की बहु..... हम निकल रहे हैं सुबह पहुंच जाएंगे।

हां जीजी..... स्वागत है.... क्या बनाऊं?

कुछ नहीं।

-कुछ नहीं-.... यह क्या होता है हमको तो नहीं पता।

जीजी सुबह पहुंच जाती है।

सब जल्दी उठ जाते हैं उनके स्वागत के लिए। बच्चों की छुट्टियां हैं। मगर आज न जाने कैसे सब जल्दी उठ गए, जल्दी नाश्ता बन गया।

खूब स्वादिष्ट खाना बनाती हो बड़की। तुम भी खाना खा लो।

जी।

जीजी मां खा लेती हैं।

तुम इतनी पतली कैसे हो गई?

मैदा चावल शक्कर बंद कर दिया है। पहले बहुत खाए हैं और आपके भाई को खिलाएं हैं। लेकिन अब नहीं।

तुम क्या खाती हो? बच्चे कहते हैं मम्मी फल दूध ज्यादा लेती हैं।

सन्यासी बनोगी क्या?

नहीं दीदी.....

जब से भुगते हैं हिम्मत नहीं होती है।

कोई बात नहीं, शाम को हम चलेंगे योगा क्लास।

अभी हम अपने कमरे में आराम कर रहे हैं। बच्चे आएं तो भेज देना।

हां, जीजी.....

पहले भाई से मिलेंगे।

हां ऊपर मिल लेते छुटकू से।

बच्चे हंसते हैं...पापा बड़े हो गए हैं। हमारे लिए तो छोटे ही हैं। दवाई खा ली।

हां जीजी।

आपको कोई तकलीफ तो नहीं हुई आने में? बस जीजा खराटे लेते हैं सो नहीं पाते।

सभी हंसते हैं।

खाना लेकर निकले थे जीजा, किसी गरीब को देखा तो उसे दे दिया... खुद खाए नहीं.... हमारे लिए थोड़ा बचा है हम भी नहीं खाए।

एक बुजुर्ग महिला सफर कर रही थी अकेले। टिकट कंफर्म नहीं थी उनकी।

दो सीट थीं ...एक सीट में सफर किया एक उन्हें दे दी। जीजा सो गए और हम बैठे रहे।

छुटकू आराम कर लो

आप आराम करो जीजी.... कुछ लगे तो हमें आवाज दे देना। वैसे जीजा के खराटे आपको सोने नहीं देते फिर आप सफर में बैठ कर आई हैं आप आराम करें जीजी।

हां बड़की।

जीजी चलो हम दूसरे कमरे में बात करते हैं.... आराम करते हैं। हम आपका एहसान कभी नहीं भूल पाएंगे। पिछले साल की तो बात है जी, आप के कारण तो नया जीवन मिला है। अरे तुम सब ही तो हमारा जीवन हो। जीजी बचपन से मां-बाप नहीं देखें। चाचा चाची ने पाला। मां होती तो आप की तरह होती हमारी। जीजी आप तो मेरी मां से बढ़कर हो।

कितना कुछ बदल गया है एक साल में बड़की ...!

हां जीजी...

हम कह कर थक गए खान-पान का ध्यान दो, मत पीओ, गैस की हमेशा से इनको परेशानी, जब जाए दवाई ले आया फिर कुछ दिन बाद दर्द होता फिर आप के कहने पर चेकअप कराया था।

हां बड़की समय रहते बीमारी पता चल जाए तो इलाज आसानी से होता है। जीजी क्या क्या नहीं किया... शहर में कितने डॉक्टर को दिखाया था। आखिर जीजा ने बताया तो हैदराबाद तक जाकर इलाज हुआ है। आई.सी.यू में थे तो हमारी तो जान ही निकल गई थी। आप नहीं होतीं तो हम कहां रहते? हमारी तो किडनी खून सब अलग है। आप ने एक नया

जीवन दिया है। आप ने बिना समय लगाए हां कहा और इनको किडनी दी। फिर भी आप एक बार नहीं कहतीं। क्या कहें हम.... किसी के काम आ गए क्या ये कम है?

फोन बज रहा है आपका....जीजी।

क्या हुआ..?

भाभी जी बिटिया पास हो गई....।

बधाई हो, आकर मिठाई खाएंगे।

कौन था जीजी, वह घर में काम करती है रुचि..... उसकी तीनों बेटी पास हो गई।

जीजी..... राखी में भाई बहन को कुछ देता है और आपने भाई को दे दिया था।

अरे तुम तो कोशिश की ना...।

दीदी आपने किडनी नहीं घर को जीवनदान दे दिया है।

अरे तुम ही सब हमारे बच्चे हो। तुम्हारे लिए नहीं करेंगे तो किसके लिए करेंगे? हम आपके जैसे सच्ची औरत से नहीं मिले। किताब में पढ़ते हैं....औरत का दिल बड़ा होता है औरतें ईमानदार होती हैं। रिश्तों को दिल से निभाती हैं मगर देखे नहीं थे मगर अब लगता है देख लिए। किसी देवी से कम नहीं हो जीजी मां।

आराम करते हैं .....शाम को उठा देना। शाम होते ही घर में चहल-पहल थी दीदी के आने से।

बड़की बहु जीजी मां को योगा क्लास ले जाती है।

करोड़ों का शरीर ईश्वर ने दिया है मगर उसकी कदर हम सब नहीं करते।

जब हमें कोई बड़ी बीमारी होती है जब कोई बड़ी घटना होती तब हम इसकी कीमत समझते हैं कुछ ऐसा ही कई लोगों के साथ होता है तभी वह

सुधरते हैं और अपना खानपान सुधारते हैं। ऐसे हमारे आस पास ना जाने कितने लोग हैं कुछ ऐसा ही बदलाव मेरे जीवन में आया। जीजी मां का हाथ मेरे सर पर था।

जीजी मां की जितनी तारीफ करो उतनी कम है। योगा क्लास के बाद अपने अनुभव सुनाती बड़की बहु के आंसू निकल आते हैं। हमने योगा क्लास ही जीजी मां के कहने पर खोली ताकि हम निशुल्क लोगों को जानकारियां दें। उन को होने वाली बीमारियों से बचा सकें। जब कोई एक घर का बीमार होता है तब बाकी सब का जीवन अस्त-व्यस्त हो जाता है। हमने बहुत करीब से महसूस किया है और हम नहीं चाहते बीमारियों के चलते आए दिन सबके घर परेशानियां हों। इसलिए आज से संकल्प कीजिए कि आप भी हमेशा योगा करेंगे। औरों को सिखाएंगे ताकि हमे लोगों की दुआएं मिलें और अच्छा स्वास्थ्य दे सकें।

हम जीजी मां की तरह हजारों के जीवन को तो ना बदल पाए मगर हम कोशिश जरूर करेंगे कि हमारे पास जितने लोग योगा सीखने आएं उन सब के जीवन में एक अद्भुत बदलाव लाएं। तन और मन से आज का ये अंतरराष्ट्रीय योगा दिवस जीजी मां को समर्पित है। जिनकी वजह से हम सब यहां हैं। पूरा हॉल तालियों से गूंज उठता है।

अगले ही दिन खबर छपती है कि योग की शक्ति से हर बीमारी का इलाज संभव हुआ, जीजी मां खबर पढ़ती हुई मन ही मन खुश होती है।

अनिता तोमर

रंगहीन

सूर्यास्त हो रहा था। पूरा आसमान सिंदूरी हो चुका था। परिंदे कतारों में बड़ी तेज़ी से अपने घोंसलों की ओर प्रयाण कर रहे थे। घर के सामने वाली सड़क के ठीक बीचोंबीच एक शामियाना लगा हुआ था।

ज़मीन पर रखे काँच के ताबूत में सफ़ेद चादर और फूलों से ढका हुआ किसी का पार्थिव शरीर रखा था। एक स्त्री सिर झुकाए बगल में बैठी हुई रो रही थी। बाहर दोनों तरफ़ लोगों का जमघट खड़ा हुआ था। लोग बहुत ही धीमी आवाज़ में सब एक-दूसरे से बात कर रहे थे, जो सुनाई नहीं पड़ रही थी। प्रतिभा के कदम वहीं ठिठक गए। उसे समझ नहीं आ रहा था कि वह क्या करे? तभी पीछे से किसी ने उसके कंधे पर हाथ रखा। वह डरते-डरते पीछे मुड़ी। एक आदमी हाथ में सफ़ेद वस्त्र लिए खड़ा था।

उन वस्त्रों को प्रतिभा की ओर बढ़ाते हुए बोला, “ये तुम्हारे लिए हैं, पहनकर बैठ जाओ।” घबराहट के कारण प्रतिभा का गला अवरुद्ध हो गया और वह चाहकर भी कुछ नहीं बोल पा रही थी। अचानक ही वह बिना क्षण गँवाए सिर हिलाकर इंकार करते हुए वहाँ से भागने लगी। पीछे-पीछे वही व्यक्ति “सुनो, सुनो...” पुकारते हुए उसके पीछे-पीछे दौड़ा चला आ

रहा था। भागने के कारण प्रतिभा की साँस धौंकनी की तरह चल रही थी। वह मदद के लिए ज़ोर-से चिल्लाती है।

रूही उसे हिलाकर जगाते हुए पूछती है, “क्या हुआ माँ! आप नींद में क्यों चिल्ला रहीं थी। प्रतिभा की आँख खुल जाती है। रूही तकिए का सहारा देकर उसे बिठाते हुए पूछती है, “क्या, आपने कोई बुरा सपना देखा?” प्रतिभा उसकी बात का जवाब न देते हुए बोली, “पता नहीं! अज़ीब-सी बेचैनी महसूस हो रही है। एक गिलास ठंडा पानी पिला दे।” पानी पीकर लेटते हुए प्रतिभा रूही से कहती है, “अब तू भी सो जा, सुबह कॉलेज जाना है।” रूही प्रतिभा की बगल में ही आकर लेट जाती है।

प्रतिभा सोने का प्रयास करती है परंतु उसकी आँखों में नींद कहाँ? आज सौरभ की हरकत ने सारी हदें ही पार कर दी। जितना अपमानित महसूस आज उसने स्वयं को किया था, उतना इससे पहले कभी नहीं किया।

आज वंश की पहली बर्थडे पार्टी थी। पिछले एक महीने से घर में पूरे ज़ोरों-शोरों से तैयारियाँ चल रही थी। पार्टी की थीम क्या होगी? कौन क्या पहनेगा? क्या मेनू होगा? रिटर्न गिफ्ट क्या देने हैं? बस यही सब चर्चा का विषय बना हुआ था। वंश के आ जाने से घर का माहौल ही बदल गया था। पोते की देखरेख में रमाकांत और प्रतिभा पूरी तरह से मशगूल हो गए थे।

घर में सौरभ सबसे बड़ा था और रूही उससे पाँच साल छोटी थी। इंजीनियरिंग करने के बाद सौरभ की नौकरी पूना की एक मल्टीनेशनल कंपनी में लग गई। वहीं उसे प्रिया से प्यार हो गया और दोनों ने शादी का फैसला कर लिया। प्रतिभा और रमाकांत को इस विवाह से कोई आपत्ति नहीं थी। चूँकि प्रिया एक तेलुगु ब्राह्मण परिवार से थी, उसके माता-पिता को इस विवाह से ऐतराज था। इसी कारण वे इस विवाह में सम्मिलित भी नहीं हुए थे।

प्रतिभा ने प्रिया को अपनी बेटी के रूप में स्वीकार कर लिया। दोनों के बीच सास-बहू का कम, माँ-बेटी का रिश्ता अधिक लगता था । इसी बीच सौरभ ने अपना और प्रिया का तबादला दिल्ली करवा लिया। कंपनी और

बैंक से लोन लेकर उसने साकेत में चार कमरों का एक बड़ा घर खरीद लिया और सभी वहाँ शिफ्ट हो गए।

सौरभ और प्रिया दोनों ऑफिस निकल जाते और रूही कॉलेज। दो साल पहले रमाकांत जी भी ऑफिस जाते थे, परंतु एक दिन ऑफिस से लौटकर आने के बाद उन्होंने घबराहट और छाती में दर्द की शिकायत की। डॉक्टर से परीक्षण के बाद पता चला कि हृदय वाल्व रोग है। समस्या ज्यादा गंभीर न होने के कारण डॉक्टर ने दवाइयों से उपचार शुरू कर दिया। सौरभ के दबाव देने के कारण रमाकांत जी ने अपनी नौकरी छोड़ दी। घर की सारी ज़िम्मेदारी सौरभ ने सँभाल ली।

सब कुछ सही चल रहा था परंतु कहीं न कहीं माँ और बेटे के विचार आपस में टकरा जाते और तनाव के कारण घर में शीत युद्ध का मौहाल बन जाता था। रमाकांत जी दोनों के बीच सेतु बनकर परिस्थिति को संभाल लेते थे। समस्या केवल इतनी सी थी कि सौरभ को प्रतिभा का सजना-सँवरना, गहरे रंगों के कपड़े और गहने पहनना बिलकुल भी नहीं भाता था। वह चाहता था कि माँ भी अपनी हमउम्र स्त्रियों की तरह ही सादगीपूर्वक रहे। साकेत में शिफ्ट होने से पहले उसने प्रतिभा से कहा, "माँ! अब हम अच्छे इलाके में रहने के लिए जा रहे हैं। आप अपने इन पुराने कपड़ों को किसी को दे दीजिए और हल्के रंगों वाले नए कपड़े खरीद लीजिए। वहाँ आपकी उम्र की स्त्रियाँ इसी प्रकार के कपड़े पहनती हैं।"

प्रतिभा को सौरभ का इस तरह बात करना बुरा लगा। उसने रमाकांत जी से शिकायत करते हुए कहा, "आपने सौरभ को जवाब क्यों नहीं दिया? मुझे क्या पहनना चाहिए और क्या नहीं, ये तय करने वाला वो कौन होता है? क्या मैंने अपनी पसंद उस पर कभी थोपी? आज तक आपने मुझे किसी भी चीज़ के लिए मना नहीं किया। मेरी मर्ज़ी! मैं कुछ भी पहँनू, इसमें उम्र कहाँ से बाधा बन गई। क्या! जिन लोगों की उम्र अधिक होती है, उन्हें अपनी पसंद का जीवन जीने का अधिकार नहीं है?

रमाकांत जी ने प्रतिभा को दिलासा देते हुए कहा, "तुम सौरभ की बात

को गंभीरता से मत लिया करो। तुम्हें जो पसंद हो वो करो, बस परेशान मत हुआ करो। देखो! इतनी देर में तुम्हारे माथे पर झुर्रियाँ आ गई।" प्रतिभा को ना चाहते हुए भी हँसी आ गई। रमाकांत और प्रतिभा के रिश्ते में बस यही प्यार और एक-दूसरे के प्रति सम्मान का जादू था जो इनके रिश्ते में आज भी मिठास को बनाए हुए था।

प्रतिभा संयुक्त परिवार में पली-बढ़ी तीन भाईयों की इकलौती छोटी बहन थी। उसका लालन-पोषण बड़े ही नाजों से हुआ था। बचपन से ही उसे सजने-सँवरने और रंग-बिरंगी पोशाकों का बहुत चाव था।

जब वह कॉलेज में पहुँची तो भाईयों ने उसके कपड़ों की अलमारी खूबसूरत परिधानों, अलग-अलग डिजाईनों के बैग और रंग-बिरंगी चप्पलों से भर दी। वह एक चीज़ की फ़रमाइश करती तो दो हाज़िर हो जाती।

जब पहली बार रमाकांत दीक्षित उसे देखने के लिए आए तो बड़े भाई नरेंद्र ने उनसे कहा, "प्रतिभा हमारी इकलौती बहन है। आज तक हमने इसके हर शौक को खुशी-खुशी पूरा किया है। यदि आप इसे उतना ही प्यार और सम्मान जितना इसे मायके में मिल रहा है, देने के लिए तैयार हैं, तो हमारी तरफ़ से रिश्ता पक्का है।"

रमाकांत जी स्वभाव से बहुत ही शांत, धैर्यवान और संस्कारी व्यक्ति थे। उन्होंने बड़ी ही विनम्रता से कहा, "आपकी बहन को मैं अपनी पत्नी ही नहीं बल्कि अपने घर की मालकिन बनाकर लेकर जाऊँगा। मैं आपसे वादा करता हूँ कि अपने जीते-जी कभी भी इसकी आँखों में आँसू नहीं आने दूँगा।"

रमाकांत जी वाकई में कसौटी पर खरे उतरे और उन्होंने अपना वादा निभाया। वे प्रतिभा की हर छोटी-बड़ी जरूरतों का पूरा-पूरा ख्याल रखते थे। पति के घर में इतना मान-सम्मान मिला कि प्रतिभा को कभी मायके की कमी महसूस नहीं हुई।

आज वंश की बर्थडे पार्टी में सौरभ ने ड्रिंक करके जो हंगामा किया, उसने

प्रतिभा को पूरी तरह अंदर से तोड़कर रख दिया। पार्टी शाम को सात बजे शुरू होनी थी। प्रतिभा ने मैरून बनारसी साड़ी और गले में सोने का हार पहना। जैसे ही रमाकांत जी की नज़र उस पर पड़ी उनके होठों पर मुस्कान फैल गई। इतने वर्षों में प्रतिभा उनकी इस मुस्कान को समझ जाती थी। उसकी आँखें चमक उठी।

सब लोग तैयार होकर पार्टी हॉल पहुँच गए। आठ बजने वाले थे परंतु सौरभ का कहीं कोई अता-पता नहीं था। सब लोग केक कटने का इंतज़ार कर रहे थे। रमाकांत जी कई बार फ़ोन लगा चुके थे, परंतु वह बार-बार उनका फ़ोन काट रहा था।

थोड़ी ही देर बाद सामने के दरवाज़े से लड़खड़ाता हुआ सौरभ अपने दोस्तों के साथ आता है। वह अभी तक उसी जींस और टी शर्ट में था जो उसने सुबह पहनी थी। प्रिया ने उसे सँभालते हुए कहा, “आप जल्दी से घर जाकर कपड़े बदलकर आ जाइए।”

नशे की हालत में सौरभ ज़ोर-से हँसते हुए प्रतिभा की ओर देखते हुए बोला, “अरे भई! हम तो ऐसे ही ठीक हैं। अब हमारी फैशन करने की उम्र कहाँ? किसी तरह प्रिया खींचते हुए उसे एक ओर ले गई।

पार्टी में सभी नाते-रिश्तेदार, पड़ोसी और पुराने जान-पहचान वाले मौजूद थे। पूरी पार्टी में सौरभ ने जो तमाशा खड़ा किया उससे प्रतिभा की आँखें शर्म से ज़मीन में गड़ गई। पार्टी ख़त्म हो गई परंतु उसकी आँखों के सामने वही : श्य घूम-फिरकर सामने आ जाता।

रमाकांत जी उसे बार-बार समझाने का प्रयास करते परंतु इस गहरे अपमान को सीने में रखकर वह अंदर ही अंदर टूट रही थी। माँ बेटे के बीच वार्तालाप पूरी तरह से बंद हो चुका था। घर का माहौल एकदम शांत हो गया था परंतु दिलों में कहीं न कहीं अशांति थी।

रमाकांत जी ने पूरी कोशिश करके सौरभ को भी समझाने का प्रयास किया परंतु वह भी समझने के लिए तैयार नहीं था। इस घटना के करीब

एक महीने के बाद रमाकांत जी को दिल का दौरा पड़ा। उस दिन सौरभ कंपनी के काम से हैदराबाद गया हुआ था। जब तक पड़ोसी उन्हें अस्पताल लेकर गए, उन्होंने अपने प्राण त्याग दिए। जैसे ही सौरभ को पता चला, वह फ़ौरन वापस आ गया। प्रतिभा पर तो जैसे बिजली गिर पड़ी। उसे यकीन ही नहीं हो रहा था, जो व्यक्ति उसके जीवन की ढाल था, आज वह उसे अकेले मझधार में छोड़कर चला गया। रमाकांत जी के बिना वह अपने जीवन की कल्पना भी नहीं कर सकती थी। शादी के इतने वर्षों तक रमाकांत ने उसकी आँखों में एक आँसू भी नहीं आने दिया था। आज उसके आँसू आँखों के बाँध तोड़कर बह रहे थे। इस सदमे के बाद वह बिलकुल शांत हो गई। रमाकांत की यादों के सिवाय अब उसके पास था भी क्या?

पहली बार जब उसने श्रृंगारहीन, सफ़ेद साड़ी में अपने अक्स को आईने में देखा तो उसका हृदय अंदर ही अंदर फूट-फूटकर रो रहा था। रमाकांत जी के साथ ही उसके सब रंग चले गए। अब उसके पास उनकी यादों के सिवाय कुछ नहीं बचा था।

दिसंबर का महीना था। हड्डियों को कंपा देने वाली सर्द हवा खिड़की से अंदर आ रही थी। वह खिड़की बंद करने के लिए उठी।

खिड़की के बाहर हवा में झूमती चमेली की बेल आज उसे आकर्षित नहीं कर रही थी। रूही भी अभी तक कॉलेज से नहीं लौटी थी। आज उसके घुटनों में ज्यादा दर्द हो रहा था। वह अपनी अलमारी खोलकर दर्द निवारक तेल ढूँढ़ने लगती है।

अनायास ही उसकी नज़र अलमारी में टंगी रंगीन साड़ियों पर पड़ती है। एक-एक साड़ी के साथ उसकी यादें जुड़ी हुई थी। उन साड़ियों पर हाथ फेरते-फेरते उसंकी आँखों में आँसू आ जाते हैं। तभी दरवाज़े के बाहर उसे किसी के कदमों की आहट सुनाई देती है।

पलटकर देखा तो सौरभ खड़ा था। प्रतिभा ने तुरंत ही अलमारी बंदकरते हुए अपने आँसुओं को छिपाने का प्रयास किया। सौरभ तुरंत ही प्रतिभा के पैरों में गिर पड़ा और बोला, "माँ! मुझे माफ़ कर दो। मुझे इतनी

बड़ी सज़ा मत दो। मैंने कभी भी आपके इस रूप की कल्पना नहीं की थी। अब से आप इन सफ़ेद कपड़ों को नहीं पहनोगी।"

प्रतिभा ने उसके सिर पर हाथ फेरते हुए कहा, "बेटा! तू अपने आपको दोषी क्यों समझ रहा है? यह सब तो नियति का खेल है। मेरा और इन रंगों का साथ बस इतना ही था। मेरे सारे रंग तो मेरे पति के साथ ही चले गए। हमारे समाज में जिस स्त्री का पति नहीं होता उसे इसी तरह रंगहीन जीवन बिताना पड़ता है।

सौरभ रोते हुए बोला, "माँ आपके जीवन से केवल एक रंग ही तो गया है, बाकि रंग तो अभी भी मौजूद हैं। आप किसी की बेटी हैं, बहन हैं, माँ हैं, सास है, दादी हैं.....इतने सारे रंग अभी भी हैं आपके जीवन में। अब तक आप अपने पति के लिए इन रंगों को पहनती थी, अब से आप अपने बच्चों के लिए इन्हें अपनाएँगी। अपनाएँगी ना माँ?....अपनाएँगी ना माँ? मुझसे वादा कीजिए।"

उसकी बातें सुनकर प्रतिभा भावुक होकर सिर हिलाते हुए उसे अपने गले से लगा लेती है। माँ और बेटे के इस मिलन को देखकर दरवाज़े के बाहर खड़ी रूही की आँखें भी भर आती है।

www.ingramcontent.com/pod-product-compliance
Ingram Content Group UK Ltd.
Pitfield, Milton Keynes, MK11 3LW, UK
UKHW021311160826
14477UKWH00023B/373

9 788194 461067